박선우 장편소설
FUSION FANTASTIC STORY

멋진
인생

Wonderful
Life

멋진 인생 5
박선우 장편소설

초판 1쇄 찍은 날 § 2016년 7월 13일
초판 1쇄 펴낸 날 § 2016년 7월 20일

지은이 § 박선우
펴낸이 § 서경석

편집책임 § 이창진

펴낸곳 § 도서출판 청어람
등록번호 § 제387-1999-000006호
등록일자 § 1999. 5. 31
어람번호 § 제1-2484호

주소 § 경기도 부천시 원미구 부일로 483번길 40 서경B/D 3F (우) 14640
전화 § 032-656-4452 팩스 § 032-656-4453
http://www.chungeoram.com
E-mail § chungeorambook@daum.net

ⓒ 박선우, 2016

ISBN 979-11-04-90891-0 04810
ISBN 979-11-04-90758-6 (세트)

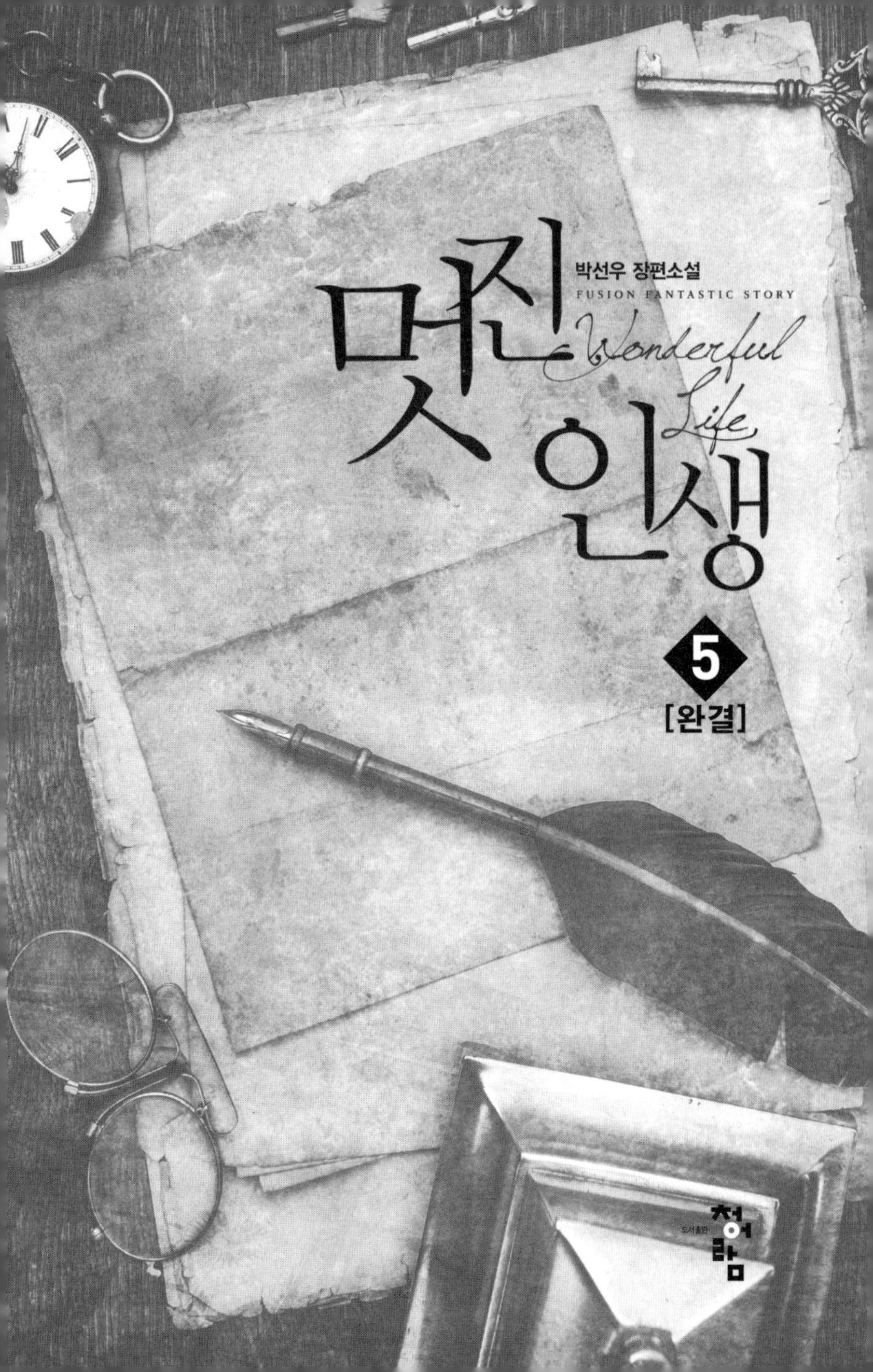
멋진 인생
박선우 장편소설
FUSION FANTASTIC STORY
Wonderful Life
5
[완결]
도서출판 청어람

CONTENTS

멋진
인생
Wonderful Life

제37장
전쟁의 시작

1년이 지났을 때 박강호는 기적을 보게 되었다.

홍보부장의 말대로 승진계획서를 세우고 최신 전공 서적을 꾸준히 공부하다 보니 연말이 되었을 때 당당히 회계사 자격증을 취득했던 것이다.

회계사 시험은 최신 재무 관련 논문이나 학설이 출제되었기 때문에 거의 50여 권의 최신 전공 서적을 섭렵한 박강호는 우수한 성적으로 합격을 했다.

그가 회계사 자격증을 취득했을 때 윤선아는 두 팔을 번쩍 들고 만세를 외쳤을 정도로 기뻐했다.

오랜 시간을 독서실에서 보내는 박강호를 보면서 그녀는 안타까워하는 마음을 숨기지 못했다.

가족을 위해 늦은 나이임에도 치열하게 살아가는 그의 모습은 젊었을 때보다도 더 불쌍하게 보였기 때문이었다.

윤선아는 그가 공부를 끝내고 나오는 자정이면 아들들을 재운 후 꼭 독서실 앞에서 기다렸다.

남편 혼자 하는 싸움이 아니란 걸 알려주고 싶었기 때문일 것이다.

박강호는 그런 윤선아를 위해 언제나 피곤했음에도 1시까지 대화를 나눈 후 잠이 들었다.

남자들은 하루 2,000마디의 말을 하지만 여자들은 하루에 6,000마디의 말을 해야 스트레스를 풀 수 있다고 한다.

집에서 살림을 하는 윤선아가 대화를 나눌 수 있는 가장 중요한 상대는 바로 자신이었다.

그랬기에 그는 몸이 피곤해도 소파에 앉아 하루 동안 있었던 일들에 대해서 이야기를 들어줬다.

서로 간의 배려다.

아내가 남편을 위해 어둠 속을 뚫고 독서실까지 와서 기다려 줬으니 가정의 평화를 위해 그 정도는 해줘야 된다고 생각했다.

그리고 그 시간이 즐거웠다.

조잘거리며 하루 종일 있었던 아이들의 행동과 온갖 신변잡기들을 박강호에게 이야기하는 윤선아의 얼굴은 화사한 봄날처럼 행복하게 보였다.

사랑하는 사람의 행복은 몸은 피곤했지만 마음을 편안하게 만들어 숙면을 취할 수 있는 안정제가 되어주었다.

1년 만에 기적이 나타났다는 말을 하게 된 것은 단순하게 회계사 자격증을 땄기 때문이 아니었다.

홍보부장의 지시대로 승진계획서를 세우고 꾸준히 노력하며 최신 재무 정보를 머릿속에 입력한 박강호는 획기적인 기획안을 연속으로 성공해서 재무처장에게 실력이 뛰어난 직원으로 확실하게 눈도장을 받았다.

그뿐만이 아니었다.

회사에서 예산 절감으로 인한 포상금까지 받아 전 직원에게 피자를 돌렸고 계약에 대한 업무 제안이 채택되어 우수상까지 받았다.

제안 우수자는 고과 평정 시 가점이 2점 추가되어 재무처의 차기 승진 주자로 경쟁력을 높였다.

변화는 그것만이 아니었다.

홍보부장이 확신을 가졌던 전화의 기적 같은 마술은 1년이 지나자 대단한 효과를 가져왔다.

주기적으로 전화를 하면서 정말 이것이 효과가 있을까란 의문을 가졌으나 시간이 지나면서 통화 횟수가 거듭되자 그들의 목소리가 바뀌는 것을 느낄 수 있었다.

처음에는 사무적으로 대하던 임원들은 꾸준히 전화를 해서 그들의 관심사에 대해 이야기하자 점점 통화 시간이 길어지기 시작했다.

맨 처음 안부 전화를 했을 때는 불과 30초도 채우지 못했던 통화 내용은 연말이 되었을 때 거의 10분까지 늘어났고 대화 내용도 박강호가 준비한 것을 넘어 취미 활동과 심지어 개인적인 가족사까지 망라되었다.

그 와중에 놀러 오라는 임원들까지 생겨났다.

맛있는 차 한 잔 줄 테니 시간 날 때 사무실에 들르라며 그들은 수화기 너머에서 유쾌한 웃음을 흘려냈다.

마술과도 같은 변화가 분명했다.

하지만 박강호는 이것이 시작이라는 것을 충분히 알고 있었다.

전쟁.

진정한 전쟁은 지금부터 하는 일들로 승패가 결정될 것이다.

전화가 만들어준 마술은 건물을 짓기 위한 초석에 불과했다.

그들의 마음을 진짜 얻기 위해서는 이제 남은 1년 동안 최선을 다해 움직이는 일이 남았다.

재무처에 근무하는 손진식 차장은 박강호보다 1년 입사가 늦었고 진급도 마찬가지였다.

그는 Y대 출신으로 현재 천하물산 본사의 동문회에서 중추적인 역할을 수행하고 있었는데 직속 선배들에게 인기가 많은 사람이었다.

성격이 적극적이었고 동문회에 관련된 일들에 대해서는 몸을 아끼지 않고 헌신했기 때문이었다.

물론 이유는 있다.

그 역시 조금 있으면 승진을 해야 되기 때문에 동문의 힘을 얻기 위해서는 최선을 다하는 모습을 보여줘야 한다.

손진식은 재무2차장으로서 박강호와 친하게 지내는 사이였다.

박강호가 워낙 사람들을 진심으로 대했기 때문에 재무처의 직원들은 대부분 박강호를 마음속으로 좋아했다.

출신 성분을 따지지 않고 말이다.

손진식이 같은 기획본부 소속인 정보처의 윤한수와 휴게실에서 만난 것은 승진 인사가 모두 끝나고 부서 배치까지 완료된 1월 말의 금요일 오후였다.

윤한수는 그와 같은 입사 동기로서 정보처의 차세대 부장 승진 대상자였다.

커피를 뽑아 들고 창가에 앉은 그들은 이번 승진 심사와 발령에 대한 주제를 가지고 대화를 나눴다.

"역시 기획실이야. 이번에도 여지없이 승진자를 냈어. 주무 부서라서 그런가, 심사위원들이 김기찬 차장에 대해서는 거의 만장일치로 찬성을 했다고 하더군."

"너희 처의 성동일 차장은 왜 미끄러진 거냐?"

"김기찬 차장 때문 아니겠어? 한 본부에 두 명을 주지는 않잖아."

"둘이 같은 학교 출신이지?"

"진급은 같지만 학번은 성 차장이 더 빨라. 이건 순전히 부서 끗발에서 밀린 거다."

윤한수가 한숨을 길게 내쉰 후 입맛을 다셨다.

성동일이 진급을 했다면 다음은 자신 차례였다.

물론 내년에 해도 늦지는 않다.

자신과 같이 진급한 동기들 중에는 아직까지 승진 후보에 오른 사람이 없기 때문이다.

그럼에도 아쉬움은 남았다. 만약 성 차장이 진급을 했더라면 자신은 발탁으로 승진을 노려볼 수 있었을 것이다.

손진식이 입을 연 것은 윤한수가 입맛을 다신 후 커피 잔을 들어 올렸을 때였다.

"올해는 시켜주겠지. 서열 명부에서 성 차장이 가장 빠르잖아."

"그렇지 않아도 우리 처장님이 임원들한테 성질을 부렸다는 소문이 돌아. 성 차장을 다음에도 진급시키지 않는다면 가만있지 않겠다고 방방 뛰었단다."

"떨어진 다음에 방방 뛰면 뭐해. 혹시 그거 할리우드 액션 아니야?"

"그럴 수도 있겠지. 하지만 S대 쪽에서도 동정 여론이 많은가 봐."

"씨발, 너는 좋겠다. 성 차장 빠지면 바로 너잖아. 기획본부장이 너희 선배니까 진급하는 데는 문제없겠다."

"그런 소리 하지 마. 성 차장이 빠져도 우리 처에는 경쟁자가 세 명이나 있어. 그 사람들을 제쳐야 본선에 올라가는데 만만

치가 않아."

"너 지금 나 약 올리는 거냐?"

"왜?"

"정보처는 성 차장이 진급할 가능성이라도 크지. 나는 잘못하면 예선에도 못 올라가게 생겼어."

"박강호 차장 때문에?"

"그래, 올해 우리 처에는 승진 후보자가 셋인데 박 차장님은 재무팀에 같이 근무하잖아. 그 양반이 본선에 올라가지 못하면 난 몇 년 꿇을 각오 해야 돼."

"그 양반 성격이 그렇게 좋다며?"

"성격은 끝내주지. 일도 잘하고."

"출신 성분이 문제겠구나. 끈이 아무것도 없으니 예선조차 힘들지 모르겠다."

"그래도 다행인 건 그 양반이 선전하고 있다는 거야. 뭘 잘못 먹었는지 작년에 고과 가점을 2점이나 받았다. 더군다나 회계사까지 땄어."

"그래도 쉽지 않을 텐데. 자재팀의 허경환 차장이 너네 처장님 후배 아니냐. 요즘 H대가 한창 뜨고 있잖아?"

"…그렇긴 하지."

윤한수의 말에 손진식의 한숨이 더욱 깊어졌다.

전통적으로 천하물산을 손아귀에 넣고 좌지우지하던 SKY 세력에 요즘 신흥 명문으로 떠오르고 있는 H대가 가세하면서 복마전 양상을 띠고 있기 때문이었다.

박강호의 가장 강력한 적으로 떠오르는 허경환은 H대 출신으로서 유일하게 임원에 오른 재무처장 양광호의 오른팔 같은 사람이었다.

윤한수는 손진식의 한숨을 커피를 마시느라 못 본 모양이었다.

그는 연속해서 그의 가슴을 칼로 찌르는 것과 같은 말을 쏟아내고 있었다.

"그리고 본선에 올라가도 문제겠다. 끈이 없는 양반이 본선에 올라가면 뭐해. 백전백패 아니겠어?"

"그래서 내 속이 새카맣게 탄다."

"자기도 생각이 있겠지. 설마 옛날 김형섭 차장처럼 안 되는 걸 뻔히 알면서도 몇 년 동안 버티겠냐. 알아서 나갈 테니 너무 걱정하지 마라."

"그래주면 다행인데. 막상 그렇게 된다 해도 불쌍해서 그 꼴을 어떻게 보냐."

"둘이 사귀어. 불쌍하긴 뭐가 불쌍해?"

"출신 성분을 떠나서 사람이 너무 좋아. 남자로서의 기백도 있지만 남들을 먼저 배려하는 걸 보면 동료로서 베스트란 생각이 들 정도다. 나도 승진에 목을 매야 하는 처진데 그 양반만 생각하면 억장이 무너져."

"네 말을 들어보니 안타깝기는 하네. 그래도 어쩌겠냐. 너부터 살아야지."

"씨발, 모르겠다. 지금 마음 같아서는 그 양반이 떨어져도 다시 도전했으면 하는 심정이다. 내가 조금 손해를 봐도 말이야."

박강호는 심호흡을 길게 하고 15층에 있는 영업처장 방으로 향했다.

제일 먼저 그를 찾아가야겠다는 생각을 한 것은 그가 다른 누구보다 반갑게 전화를 받아주었고 사무실에 들르라는 말을 먼저 해줬기 때문이었다.

그럼에도 긴장이 되었다.

자신이 속해 있는 재무처장을 제외하고 지금까지 홍보부장이 시킨 대로 임원들을 찾아간 적이 없었다.

무슨 뜻인지는 알지만 불안했던 것도 사실이었다.

다른 승진 후보자들은 작년부터 벌써 임원들을 찾아다니며 인사를 하고 있다는 걸 안다.

똑똑!

방문을 두드리자 묵직한 소리가 흘러나왔다.

원목으로 만들어진 문은 일반 사무실과 다르게 고급스러웠고 견고해 보였다.

들어오라는 대답을 들은 후 방문을 열었다.

그런 후 사무실에 서 있는 영업처장을 향해 정중하게 인사를 했다.

"처장님, 안녕하세요. 재무처의 박강호 차장입니다."

"어허, 이 친구. 이제야 찾아왔군. 하하하, 앉아. 앉아!"

박강호의 인사를 받은 영업처장이 반색을 하면서 소파를 가리켰다.

그는 자신이 먼저 소파에 앉은 후 박강호가 앉기를 기다렸는데 즉시 인터폰을 눌러 비서에게 차를 가져오라고 시켰다.

너무 큰 환대에 어안이 벙벙해졌다.

일개 새까만 차장에게 임원이 이런 환대를 해줄 거라고는 꿈에도 생각하지 못했다.

영업처장은 황송하다는 표정을 짓는 박강호에게 똑바로 시선을 던지며 움직이지 않았는데 얼굴에는 웃음이 가득했다.

"그래, 무슨 바람으로 온 거야. 그렇게 들르라고 할 때는 안 오고 말이야."

"그동안 바빴습니다."

"바빴다고? 재무처가 인사하러 오지 못할 정도로 그렇게 바쁜 부선가. 자네도 승진 후보자 맞지?"

"예. 그렇습니다."

"다른 친구들은 내 얼굴 보려고 사무실 앞에서 기다리기까지 하는데 자넨 무슨 배짱이야?"

"사실 그동안 공부를 하느라 시간이 없어서 전화로만 인사를 드렸습니다."

"공부? 무슨 공부?"

"회계사 공부를 했습니다."

"어허, 회사를 다니면서 회계사 공부를 했단 말인가?"

"업무를 더 잘하기 위해서는 노력을 해야 된다고 생각했습니다."

"그래서 자격증은 땄나?"

"예, 다행스럽게 작년 말에 취득했습니다."

"축하를 해줄 일이구만. 자넨 축구만 잘하는 줄 알았더니 능력도 뛰어난 모양이군."

"운이 좋았을 뿐입니다."

"이 사람아, 그런 건 겸손 떨 필요 없는 거야. 잘했으면 충분히 칭찬받아도 돼!"

"감사합니다."

너털웃음을 터뜨리는 영업처장을 향해 박강호가 고개를 숙였다.

그의 표정에는 진심으로 대건하다는 표정이 담겨 있었다.

비서가 차를 가지고 들어온 것은 두 사람이 한창 대화를 나누고 있을 때였다.

허리를 굽혀 차를 놓고 일어선 그녀의 얼굴은 박강호를 향하고 있었다.

의외라는 표정.

영업처장은 지금까지 인사를 온 차장들에게 한 번도 차를 대접한 적이 없었기 때문이었다.

영업처장의 입이 다시 열린 것은 비서가 방문을 나선 후였다.

"나는 자네가 찾아오기를 한동안 기다렸네. 왜 그런지 아나?"

"잘 모르겠습니다."

"그냥 보고 싶었어. 내가 직장 생활 하는 중에 자네처럼 많이 전화를 해온 사람은 처음이야. 처음에는 그냥 그랬는데 나중에 되니까 얼굴을 보고 싶어지더군. 그나저나 우리 아들놈이 이번에 유학 가는 건 어떻게 알았나. 그걸 아는 건 몇 사람 안 되는데?"

"찾아뵙지는 못했지만 늘 처장님에 대해서 관심을 갖다 보니 우연히 알게 되었습니다."

"하하하, 그 거짓말 정말인가?"

"죄송합니다."

"자넨 정말 특별한 친구야. 언제 한번 산행이나 같이 가지."

"그렇잖아도 다음 산악회 산행 때 처장님을 모시려고 했습니다."

"좋아, 그렇게 하자. 나는 조금 후에 사장님 면담을 하러 가야 하니까 그때 보자고. 오늘 만나서 반가웠네."

박강호는 영업처장을 방문하고 나서 용기가 생겼다.

그가 홍보부장의 조언대로 임원들의 방을 찾기 시작한 것은 그때부터였다.

신기했다.

회사의 정점에 있는 임원들은 그가 방문하자 거의 모든 사람이 마치 오래 사귄 친구를 맞이하듯 반겼던 것이다.

전화의 마술.

거의 서른 번에 달하는 통화를 하는 동안 그들은 박강호와의 관계가 매우 친밀해졌다고 느끼는 게 분명했다.

그럼에도 박강호는 긴장의 끈을 놓지 않았다.

홍보부장의 말이 선명하게 떠올랐기 때문이었다.

홍보부장은 지금 그들의 반응은 그저 접근하기 용이하도록 만든 기초에 불과하고 지금부터가 진짜 중요하다며 나머지 전략들을 세부적으로 가르쳐 주었다.

반갑게 대해준 것과 마음을 준 것에는 천양지차가 있다는 것이었다.

진정으로 승진 심사에서 밀어주도록 만들기 위해서는 많은 고난과 장애물들이 산처럼 쌓여 있으니 그것을 허물기 위해 최선을 다해야 한다.

박강호가 각종 경조사와 동호회에 쫓아다니기 시작한 것도 그러한 이유 때문이었다.

임원들의 경조사는 물론이고 각 부서의 부장들과 심지어 팀장들까지 심사위원들이 갈 만한 경조사는 모두 챙겼다.

학연으로 굳게 뭉쳐 있는 그들의 마음을 얻기 위해서는 지금까지 그가 한 것은 아무것도 아니었고 꾸준히 그들과 접촉할 필요성이 있었다.

그러나 박강호는 가장 중요한 것을 잊지 않았다.

바로 동료들과 키맨들의 신뢰를 얻어야 한다는 것이었다.

심사위원들이 아무리 중요해도 키맨인 직속상관들과 동료들의 신뢰를 얻지 못한다면 지금까지 해온 일들이 사상누각이라는 것을 박강호는 한시도 잊지 않기 위해 노력했다.

박강호는 점심식사를 끝내고 사무실에 들어와 오후에 할 일들을 정리하다가 갑자기 터져 나온 큰 소리에 깜짝 놀라 의자에서 일어났다.

늘 바쁘게 돌아가는 재무처는 사람들의 소음이 끊이지 않았지만 일 때문에 주고받는 소리와는 확연하게 다른 고함 소리가 들려왔던 것이다.

박강호는 진원지를 찾아 시선을 던졌다.

그곳에는 양 대리와 원 대리가 얼굴을 붉히며 상대를 향해 고함을 지르고 있었다.

"저번에도 내가 갔잖아요. 입사 시기가 조금 늦다고 이렇게 매번 부려먹어도 됩니까!"

"몇 번 말해야 알아들어. 처장님이 오늘 중으로 재무계획서를 완성하라는 지시를 내렸다고 말했잖아. 바쁠 때는 한 식구끼리 사정 좀 봐줘야 되는 거 아니야!"

"저번 행사 때도 양 대리님이 사정 있다고 해서 내가 갔잖습니까. 그리고 일 없이 노는 사람이 어디 있어요. 나도 거기 갔다 오면 야근을 해야 된단 말입니다."

"아, 씨발, 더러워서 못 해먹겠네. 그래, 가지 마라, 가지 마. 내가 처장님한테 가서 시킨 거 못 하겠다고 할 테니까."

"마음대로 하세요."

협박하듯 돌아서는 양 대리를 향해 원 대리가 콧방귀를 뀌고 자기 자리로 씩씩거리며 돌아갔다.

열이 받을 대로 받은 모습이었다.

두 사람의 단편적인 대화만 듣고도 내막을 알 것 같아 박강호는 자리에 조용히 앉아 있었다.

원 대리는 자신이 맡고 있는 재무 1팀 소속이었고 양 대리는 손진식 차장이 맡고 있는 재무 2팀 소속이었다. 오늘은 천하물산 주체로 고객 만족 행사가 열리는 날이었다.

천하물산은 매년 300명의 고객들을 초청하여 자사의 제품을 홍보하고 기존 제품에 대한 만족도를 조사하는 행사를 벌여왔다.

당연히 본사의 각 부서에서는 직원들을 차출해서 행사를 지원하도록 하는데 이번에는 양 대리 차례였던 모양이다.

자신도 알고 있었다. 지난번에도 원 대리가 양 대리 대신 행사에 참여해서 생고생을 했다는 사실을.

그때는 무슨 사정 때문에 원 대리가 갔는지 모르지만 오늘은 양 대리에게 확실한 사정이 있다는 것을 자신은 잘 알고 있었기 때문에 자리에 앉아 직원들과 눈을 마주치지 않은 채 고민에 잠겼다.

행사에 지원을 나간 직원은 온종일 서서 고객들을 상대해야 하기 때문에 하루만 참여해도 녹초가 되곤 했다.

현재 재무 1팀에서 사무실에 남아 있는 사람은 자신과 원 대리 둘뿐이었다.

나머지 직원들은 지사와 공장의 재무 조사를 위해 모두 출장을 나가 있는 상태였기 때문에 현재 사무실의 모든 일은 두 사람이 맡고 있었다.

원 대리가 화를 내는 데도 충분히 일리가 있었다. 여덟 명이 하던 일을 벌써 3일째 혼자 하려고 하니 얼마나 힘들었겠는가.

더군다나 재무 조사는 이틀 후에나 끝나는 것으로 예정되어 있어 아직도 고생을 더 해야 할 판이었다.

그렇다고 해서 재무 2팀의 상태가 좋은 것은 아니었다.

그쪽도 직원들 대부분 출장을 나갔고 양 대리와 신입 사원만 남아 일을 처리하는 중이라 어느 한쪽도 손들어주기 힘든 상황이었다.

하지만 이미 사무실의 분위기는 싸늘하게 가라앉아 어떤 방법으로든 해결을 해야 했다.

10여 미터 떨어진 곳에 자리한 김문호 부장이 벌떡 일어나 이쪽을 쏘아보는 중이었고 어느새 별도의 집무실에서 일하는 재무처장까지 나와서 무슨 일인가 확인하고 있었다.

옆쪽에서는 손진식 차장도 상사들의 눈치를 보며 붉어진 얼굴로 씩씩댔다.

재무처장이 내린 지시는 반드시 오늘 퇴근 전까지 마무리해야 되는데 양 대리가 행사장에 가버리면 도저히 할 수가 없었기 때문이다.

원 대리를 향한 그의 눈에는 원망이 가득 들어차 있었다.

하지만 그는 아무 말도 하지 않고 박강호가 자신을 쳐다보는 것을 확인한 후 컴퓨터 쪽으로 고개를 돌렸다.

어차피 쉽게 해결할 수 없는 일이라는 것을 그 역시 잘 알고 있었을 것이다.

잠시 후 사무실이 평소 분위기로 돌아가자, 가만히 앉아 있던 박강호가 자리에서 일어나 조용한 목소리로 원 대리를 불렀다.

"원 대리!"

"예, 팀장님."

"오늘 해야 할 일들 정리해서 나한테 주고 자네는 행사장에 갔다 오도록 해."

"팀장님!"

"자네가 무슨 생각 하고 있는지 잘 알아. 하지만 저쪽 상황이 너무 안 좋잖아. 그러니까 우리가 조금 양보하자고."

"팀장님 말씀은 충분히 알겠습니다만 우리도 할 일이 많습니다. 제가 사무실을 비우면 팀장님은 밥 먹을 시간도 없을 겁니다."

"괜찮아. 걱정하지 말고 다녀오도록 해. 사무실 일은 내가 알아서 할 테니까."

"……"

"그나저나 자네도 하루 종일 고생하겠군. 미안해, 나 때문에."

"…아닙니다."

박강호의 말에 원 대리는 안타까운 눈으로 그를 쳐다본 후 천천히 양 대리 쪽으로 걸어갔다.

원 대리가 행사장으로 간 후부터 사무실에 혼자 남은 박강호는 정신없이 바쁜 하루를 보냈다.

두 사람 몫을 해내느라 조금도 쉬지 못했는데도 일이 남아 어쩔 수 없이 야근을 해야 했다.

6시가 조금 지나 재무계획서 작업을 마친 손진식은 야근을 하는 박강호에게 무척이나 미안한 얼굴을 하며 도와줄 게 없냐고 말을 붙였다.

의례적으로 하는 말이 아니라 진심이 묻어나는 제의였지만 박강호는 웃는 얼굴로 괜찮다며 그의 퇴근을 배웅했다.

일할 때는 정말 시간이 잘 간다. 저녁을 먹고 자리에 앉아 서류에 파묻힌 지 얼마 안 된 것 같은데 시간은 벌써 9시를 훌쩍 넘기고 있었다.

오랫동안 고개를 숙이고 있었더니 목덜미가 뻐근해져 왔다. 목과 양쪽 어깨를 한 번씩 돌려 몸을 푸는데 사무실 문이 열리며 원 대리가 들어왔다.

"자네 웬일이야?"

"팀장님이 이러고 계실 것 같아서 달려왔습니다. 이게 뭡니까, 처량하게. 이제 그만하시고 들어가십시오. 나머지는 제가 하겠습니다."

"하하… 이 사람. 피곤할 텐데 뭐하러 왔어. 거의 다 했으니 그냥 들어가. 나도 금방 들어갈 거야."

"팀장님을 두고 제가 어떻게 갑니까. 빨리 주십시오."

"좋아, 그럼 나눠서 하지. 우리 이거 끝내고 가볍게 술이나 한잔하자고."

원 대리가 서류를 주섬주섬 챙기는 것을 보며 박강호는 유쾌한 웃음을 터뜨렸다.

힘은 들었지만 원 대리가 자신을 위해 사무실로 돌아왔다는 사실이 기뻤다. 얼마 남지 않았던 일은 두 사람이 나눠서 하자 금방 끝났고 그들은 회사 근처에 있는 맥줏집으로 향했다.

맥주와 간단한 안주를 시킨 박강호가 맞은편에 앉은 원 대리를 향해 입을 열었다.

"오늘 힘들었을 테니까 딱 한 잔만 하고 집에 가자. 오케이?"

"좋습니다. 그나저나 직원들 출장이 빨리 끝났으면 좋겠어요. 저도 그렇지만 팀장님이 너무 고생해서 안 되겠습니다."

"고생은 무슨……"

"이제 부장 진급을 하셔야 될 판에 대리 일을 하고 계시니 제가 다 답답합니다. 팀장님, 다른 사람들처럼 좀 약게 살 수 없어요? 팀장님만 보면 참 속이 답답하단 말입니다!"

"하하, 그럼 원 대리한테 다 맡기고 난 놀아도 돼?"

"쩝……. 일만 가지고 이야기하는 게 아니잖아요. 제가 계속 지켜봤지만 팀장님은 손해 보면서 살려고 작정한 사람 같아요."

"그걸 손해 보면서 산다고 말하면 곤란하지. 이왕이면 남을 배려하는 너그러운 마음을 가졌다고 말해줘라."

"하하."

"술이나 마셔. 오늘따라 맥주가 맛있어 보인다. 그렇지?"

다음 날 아침. 재무부장 김문호는 사장이 지켜보는 앞에서 손진식 차장과 양 대리가 작성한 재무계획서를 성공적으로 보고하고 담당 임원인 재무처장의 방에 마주 앉았다.

둘은 어릴 적부터 오랫동안 같이 근무했던 사이였기에 이렇게 둘만 마주하게 될 때는 스스럼없이 속에 있는 말을 하는 사이였다.

김문호를 본부에서 스카우트해서 재무부장으로 앉힌 것도 재무처장이었다.

"김 부장, 수고했어. 사장님이 꽤 만족해하시더군."

"손진식이 기획 능력이 뛰어나잖습니까. 역시 머리가 좋아 일을 맡기면 확실하게 합니다."

"그 친구가 일은 잘하지. 그나저나 어제 사무실에서 불미스러운 일이 있었던 거 김 부장도 알지?"

"…예."

"그런 일이 생기면 안 돼. 직원들 간에 고성이 오고 가서야 되겠어?"

"재무 조사 기간이다 보니 행사 지원 인원이 턱없이 부족합니다. 그래서 생긴 일 같습니다."

"그것도 문제긴 문제야. 그런데 어떻게 해결했지?"

"재무 1팀에서 대신 지원을 나갔습니다. 재무계획서 보고가 있다는 걸 알고 박강호가 조치를 했습니다."

"거기도 일이 많았을 텐데?"

재무처장이 놀란 눈을 했다.

재무 1팀은 며칠 내로 사장에게 보고할 계약 서류를 준비하느라 눈코 뜰 새 없이 바쁘다는 걸 알기 때문이었다.

김문호가 답답하다는 표정을 지은 것은 이 상황이 너무 싫었기 때문일 것이다.

"그 사람 책임감이 강하잖습니까. 아마 원 대리를 행사 지원 보내놓고 밤새 일했을 겁니다."

"어제 내가 10시쯤 차를 타고 지나가는데 우리 사무실에 불이 켜져 있었어. 그럼 그게 박 차장이었던 모양이군?"

"그 시간에 있었다면 맞을 겁니다."

"허허……. 그 사람 참 성실해. 그런 사람을 데리고 있으니 내가 인복이 있는 모양이야."

"그렇습니다. 오랫동안 박강호를 봐왔지만 보면 볼수록 믿음이 가는 친굽니다. 그 친구는 누가 보든 안 보든 항상 자기보다 남을 먼저 배려하더군요. 어려운 일이 있을 때 제일 먼저 나서는 것도 박강호입니다."

김문호의 대답을 들은 재무처장의 얼굴이 흐려졌다.

그는 자신의 직속 후배인 자재부의 허경환을 올해 부장 승진 후보로 염두에 두고 있었는데 언제나 사람의 마음을 흔들 정도로 일을 열심히 하는 박강호로 인해 고민이 깊어지고 있었다.

어떡하든 단점을 잡아야 핑계를 댈 수 있을 텐데 박강호에게는 도무지 그런 약점이 보이지 않았다.

"일은 어때?"

"머리 회전은 손진식이 빠릅니다. 하지만 박강호에게는 믿음이 있습니다. 저는 지금까지 그 친구가 업무를 펑크 내는 걸 본 적이 없습니다."

"허어……. 알았네."

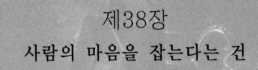

제38장
사람의 마음을 잡는다는 건

　박강호는 회식 장소를 잡으라는 김문호 부장의 지시에 따라 회사에서 얼마 떨어지지 않은 곳에 있는 횟집을 예약했다.

　올해 내부 평가에서 재무처가 1등을 하여 상금 100만 원을 받은 터라 평소에는 엄두도 내지 못할 비싼 횟집을 당당하게 예약할 수 있었다.

　더군다나 오늘은 재무처장까지 참여하기로 돼 있어서 꼼꼼히 이동 경로와 회식 일정을 점검했다.

　올해는 정말 운이 좋은 해인 것 같았다.

　경영 평가에서 1위를 한다는 것은 천하물산 전체 직원들이 재무처를 기억한다는 뜻이 된다.

　따라서 승진을 노리는 그에게는 많은 도움이 될 것이 분명했다.

박강호는 퇴근 시간보다 조금 일찍 회사를 나온 뒤 곧장 회식 장소로 가서 경비에 맞춰 음식을 주문했다. 재무처장과 직원들이 도착하면 바로 음식이 나올 수 있도록 조치한 뒤 밖으로 나와 담배를 꺼내 들었다.

누가 본다면 이상하게 생각할지도 모를 일이었다. 주무 팀장이 회식 장소까지 직접 와서 일일이 챙기다니, 다른 부서 사람들이 알면 분명히 이해하지 못할 일이었을 것이다.

대부분의 경우 회식은 대리들이 알아서 챙기고 차장급들은 늦지 않도록 도착해서 먹어주는 게 관례이기 때문이다.

하지만 언제부턴가 박강호는 회식에 관한 일을 직접 챙기기 시작해서 밑에 있는 직원들을 어이없게 만들었다.

담배 한 모금을 길게 뿜어내고 눈을 들어 거리를 보니 어느덧 퇴근이 시작되었는지 거리에 차량과 사람들이 늘어나기 시작했다.

서울의 거리는 언제나 바쁘다.

마치 자신의 마음처럼.

이제 곧 직원들이 도착하겠다는 생각을 하면서 옆에 놓여 있는 의자에 앉으려 하는데 정문을 통해 고급 승용차가 들어서더니 박강호 앞에서 멈추었다.

눈에 익은 차였기에 의자에 앉으려던 박강호가 본능적으로 다시 엉덩이를 들었다.

머릿속이 빠르게 회전하면서 그 차가 재무처장 것이라는 사실을 확인한 순간 박강호는 총알처럼 앞으로 튀어나가 차 문을 열었다.

아직 직원들이 도착하지 않은 상태에서 처장이 도착할 거라고는 꿈에도 생각하지 못했기에 당황스러움을 감추지 못했으나 박강호는 정중한 자세로 문을 열고 그를 맞이했다.

그러자 재무처장이 환한 미소를 지으며 차에서 내렸다.

"다른 데 잠깐 들렀다 오느라고 조금 빨리 왔어. 직원들은 아직이지?"

"예, 퇴근 시간에 맞춰서 출발했으니까 곧 도착할 겁니다."

"자네는?"

"저는 준비를 하려고 조금 먼저 왔습니다."

"자네 같은 고참이 아직도 이런 일을 한단 말인가. 밑에 직원한테 시키지 않고?"

"오늘만 제가 하는 겁니다."

"하여간 이 사람…… 들어가세."

재무처장은 박 차장의 대답을 들은 후 빙긋 웃으며 먼저 걸음을 옮겼다.

하지만 그의 얼굴은 박강호의 말을 믿지 않는 눈치였다.

그 후 5분도 채 지나지 않아서 직원들이 횟집으로 들어오기 시작했다.

50명 가까이 되는 재무처 직원들로 예약해 놓은 방은 금세 꽉 들어찼다.

좋은 일로 하는 회식이니만큼 분위기는 유쾌했다.

술잔이 돌면서 처음에는 조심스럽던 직원들의 목소리가 점점 커지기 시작했다.

웃음소리가 연신 들려왔고 재무처장을 중심으로 장안에 화제가 되는 이야기들이 자연스럽게 펼쳐졌다.

재무처장이 꺼낸 주제는 다양했는데 특히 그는 주식과 부동산에 대해 일가견이 있었다.

그가 먼저 자신의 주식 성공담을 이야기하자 직원들도 하나둘 경험담을 털어놓으며 분위기가 달아올랐다.

그러나 오직 한 사람 박강호만은 아무런 말도 하지 않고 재무처장의 말만 듣고 있었다.

그런 모습이 재무처장의 호기심을 자극한 모양이었다.

"박 차장, 자네는 왜 아무 말이 없나. 주식 안 해?"

"예, 저는 주식 근처에도 안 가봤습니다."

"왜?"

"집을 융자받아 사느라 여유가 전혀 없습니다."

"얼마나 받았는데?"

"칠천만 원 받았습니다. 입으로는 쉽게 얼마 안 되는 금액이라고 말하곤 했는데 막상 빚이 되니까 엄청나게 부담되는 금액이더군요."

"음……. 그렇지. 집이 몇 평인가?"

"서른두 평입니다."

"그렇군."

여기까지 물은 후, 재무처장은 다른 직원들에게 눈을 돌려

새로운 화제를 입에 올렸다. 요즘 유행하는 패션에 대한 이야기였다.

약 한 시간 반 정도 자리를 지키고 있던 재무처장은 회식이 끝나지 않은 상태에서 직원들을 남겨놓고 대리운전 기사를 불렀다.

회식을 하는 자리에서 상사는 가급적 일찍 일어나 주는 것이 예의라는 게 그의 평소 생각이었다.

주량이 상당한 그였지만 50명에 달하는 재무처 직원들과 술잔을 나누다 보니 얼큰하게 취한 상태였다. 오늘은 특히 기분 좋은 날이라 직원들이 가득 따라주는 잔을 하나도 사양하지 않았다.

박강호가 밖에서 기다리다 인사를 하는 걸 받은 후 그는 기사에게 집을 가르쳐 주고 잠에 빠져들었다.

잠깐 눈을 감았다고 느꼈는데 누군가 어깨를 두드리는 느낌에 퍼뜩 일어나 보니 벌써 집 앞이었다.

습관적으로 왼쪽 손목을 들어 시계를 보자 10시를 가리키고 있었다.

아직 아내가 정한 통금 시간 이전이니, 잔소리 들을 걱정은 없었다.

"얼마요?"

차에서 내린 재무이사가 지갑을 꺼내면서 묻자 시동을 끄고 따라 내린 기사가 입을 열었다.

"대리비는 이미 계산하셨습니다."

"계산을 했다고요?"

"예, 아까 손님을 배웅하던 분이 하셨는데요."

"허……"

"잘 모시라고 팁까지 얹어 주신걸요. 저는 이만 가보겠습니다. 쉬십시오."

얼떨결에 대리기사의 인사를 받은 재무이사는 그 뒷모습을 보면서 잠깐 동안 멍하니 서 있었다.

자신을 따라 나온 사람은 박강호뿐이었다.

회식이 끝나지 않은 상태였기에 슬쩍 일어났는데 눈치를 챈 박강호가 따라 나온 것이다.

대리기사가 마치 기다렸다는 듯이 나타나서 자신의 차를 대었기에 이상하다고 생각했는데 이제 보니 박강호가 미리 준비해 놓은 모양이었다.

그렇다 해도 대리운전 비용까지 계산을 하리라고는 생각지 못했다.

고개를 절레절레 흔들며 천천히 아파트 현관으로 들어서는데 핸드폰이 울렸다.

"여보세요?"

─처장님, 박강호입니다.

"어, 자네가 웬일인가?"

─잘 들어가셨나 걱정이 되어 전화드렸습니다.

"방금 도착해서 들어가는 중이야."

─다행입니다. 오늘 약주가 과하셨는데 괜찮으십니까?

"많이 마시지 않았어. 이 정도는 끄떡없네."

—대단하십니다. 보통 체력 가지고는 힘든 일인데 처장님은 평소 몸 관리를 잘하시나 봅니다.

"허허… 이 사람, 내가 무슨……."

—하여간 오늘 고생 많으셨습니다. 처장님, 편히 쉬십시오. 그럼 내일 뵙겠습니다.

"그래, 자네도 너무 많이 마시지 말고 쉬게."

입가에 미소를 지으며 핸드폰을 접은 재무처장은 회식 자리에서 자신을 바라보며 멋쩍게 이야기하던 박강호를 떠올렸다.

학벌도 시원치 않고 집안도 그리 잘살지 못한다고 들었다.

더군다나 집을 사기 위해 융자까지 얻었다고 하니 형편이 무척 빠듯할 듯했다.

천하물산의 월급이 다른 회사보다 많다고는 하나 칠천만 원이라는 은행 빚에 이자를 내고 나면 생활하기가 쉽지 않을 터였다.

그런 사람이 대리운전 비용을 내다니.

다른 사람이었다면 회식 경비에서 그 비용을 충당했을 테지만, 박강호는 지금까지 지켜본 바로는 절대 공금을 함부로 축낼 사람이 아니었다.

한편으로는 허락도 받지 않고 대리운전 비용을 낸 것이 괘씸했으나 더 커다랗게 그의 가슴을 적신 것은 고마움이었다.

상사를 극진하게 모시는 그의 정성이 그동안 보여주었던 성실함과 겹쳐지면서 더욱 돋보였다.

배경도 백도 너무 없지만 참 성실한 친구.

엘리베이터의 버튼을 누르면서 재무처장은 또 한 번 깊은 한숨을 내쉬었다.

학교 측에서 밀고 있는 허경환은 오늘 술에 취해 그가 자리를 뜨는 것조차 알지 못했다.

"강호야, 술 한잔 더 하자."

"직원들하고 같이 말입니까?"

"아니, 너하고 나 둘만."

김문호가 슬쩍 다가와 박강호에게 길 건너편에 있는 맥줏집을 가리켰다.

그랬기에 박강호는 알겠다는 말을 하고 흩어지는 직원들을 배웅한 후 김문호와 함께 횡단보도에 섰다.

오늘따라 술에 취한 직원들이 많았다.

좋은 일이 있을 때는 술도 잘 들어가는 모양이었다.

맥줏집에 자리를 잡고 술과 안주를 시키는 김문호의 얼굴은 약간 붉어져 있었으나 눈은 팽팽하게 살아 있었다.

오늘은 직원들이 돌아가며 따라줬기 때문에 꽤 많은 술을 마셨는데도 그는 또렷한 눈으로 박강호를 바라보고 있었다.

술과 마른안주가 나온 후 그의 시선이 이상하다는 걸 눈치챈 박강호가 먼저 입을 열었다.

회사에서는 깍듯하게 김문호를 모셨지만 워낙 오래된 인연이 있었기에 사석에서는 편하게 대했다.

"형님, 무슨 일이십니까. 안색이 좋지 않네요?"

"요즘 열심히 하고 있지?"

"나름대로 천지 분간 못 하고 뛰어다니는 중입니다."

"벌써 4월이다. 다른 놈들은 이미 모든 연줄을 동원해서 임원들을 잡느라 정신이 없는 모양이더라."

"알고 있습니다."

"네 소식은 듣고 있다. 내가 계속해서 모니터링을 하고 있는데 임원들 사이에서 네 평판이 괜찮은 것 같아서 기분이 좋아. 그런데 너 너무한 거 아니냐?"

"뭐가 말입니까?"

"인마, 왜 나한테는 한 마디도 상의를 안 하는 거냐?"

"불편하실 것 같아서요. 괜한 부담을 드리고 싶지 않았습니다."

"미친놈."

김문호가 잇새로 음성을 흘리며 박강호를 노려보았다.

누구보다 자신을 의지해야 될 놈이다.

끈도 없고 백도 없으면서 박강호는 지금까지 자신에게 승진에 대해서 한 마디도 도움을 요청하지 않고 있었다.

심지어 다른 부서의 학교 후배들까지 찾아와서 도와달라고 간청을 하는 마당에 박강호는 벙어리가 된 양 아무런 말도 하지 않았다.

그저 일만 한다. 바보처럼.

너무 안타깝고 불쌍해서 김문호는 늘 박강호를 볼 때마다 가슴이 아팠다.

후회도 되었다.

괜히 잘 있는 놈을 본사로 끌어올려 이런 고통을 당하게 만들었다는 생각에 밤잠을 설치기도 했다.

그렇다고 전혀 손을 놓고 있는 것은 아니었다.

틈이 생길 때마다 동료 부장들이나 임원들을 만나 거품을 물면서 박강호의 이야기를 했다.

성실하면서도 업무 능력이 발군이라며 이런 친구가 진급이 되어야 한다는 주장을 펼쳤다.

그러나 씨가 먹히지 않았다.

그들도 박강호가 괜찮은 놈이라는 건 인식하고 있었지만 뿌리 깊게 박혀 있는 학연과 근무연을 깨뜨리기에는 역부족이었다.

하지만 그런 것보다 그가 가장 우려하고 걱정하는 것은 바로 직속 상사인 재무처장의 마음을 얻어내지 못했다는 것에 있었다.

자재부의 허경환은 처장의 직속 후배였고 H대 측에서 적극적으로 밀기 때문에 박강호의 적으로는 부담되는 상대였다.

그것은 처장이 가끔가다 던지는 멘트에서도 알 수 있었다.

그는 은연중 박강호보다 허경환을 염두에 두고 있다는 말을 은근슬쩍 펼쳤는데 옆에서 불을 지피고 있는 것은 자재부장이었다.

자재부장은 자기가 데리고 있는 허경환이 재무처의 승진 주자가 되어야 한다는 주장을 수시로 펼쳤다.

물론 그 이면에는 여러 가지 이유가 있었다.

처장의 의중을 미리 살피는 허경환의 여우 같은 처세술이 한몫했고 또한 부하 직원을 진급시켜서 지지 세력을 확보하려는 자재부장의 욕심 등이 작용한 것이다.

거기에 맞서 김문호는 처장을 만날 때마다 열변을 토했다.

재무처의 주무 팀장으로서 해온 일들과 직원들의 평가로 봤을 때 당연히 박강호가 승진 후보가 되어야 한다는 주장이었다.

그는 결국 하지 말아야 할 말까지 어제 회의에서 꺼냈는데 모든 부장들이 함께하는 자리였다.

허경환이 주자가 된다면 학연이 작용된 거란 오명을 뒤집어쓸 수 있다는 사실을 강조했던 것이었다.

위험했지만 감행했다.

그는 박강호를 위해서라면 더한 일도 할 용의가 있었다.

"강호야."

"예, 형님."

"네가 열심히 하고 있다는 건 안다. 하지만 가장 중요한 것은 처장님의 마음을 잡는 거다."

"알고 있습니다."

"그런데 왜 가만히 있는 거냐. 허경환은 수시로 처장님 댁까지 찾아간단 말이다."

"형님, 다른 사람은 몰라도 저희 처장님만은 그래서는 안 된다고 생각합니다."

"왜?"

"저의 직속상관이시기 때문입니다. 저는 처장님께 제가 가지고 있는 그대로를 보여 드릴 생각입니다. 최선을 다해 일하고 성과를 나타낸다면 정당한 평가를 내려주시지 않겠습니까?"

"재무처의 대표는 늦어도 6월까지는 결정할 거다. 그래야 본선에서 경쟁력이 생기니까. 그런데도 그런 한가한 소리가 나와!"

"제가 보여 드릴 수 있는 것을 다 보여 드리고도 선택을 받지 못한다면 모든 것은 제 잘못일 겁니다. 그때까지 최선을 다하겠습니다. 다른 사람은 몰라도 제가 모시고 있는 처장님은 저의 진심을 알아줄 거라 믿습니다."

선물을 보내는 것은 전화를 통해 친밀감을 형성하고 찾아가서 만남을 가진 후에야 시행되었다.

홍보부장은 여기서도 전혀 상상하지 못했던 기술들을 전수해 줬는데 아주 적은 값의 선물로 값비싼 양주를 이기는 방법이었다.

대부분의 사람은 선물을 명절이나 휴가철, 연말연시에 보낸다.

선물을 보내는 명분을 얻기 위함인데 비싼 선물을 할수록 효과가 크다고 생각한다.

하지만 홍보부장은 역발상을 보여주며 사람들이 선물하는

시기를 절대 피하라고 조언을 해줬다.

천하물산의 임원들에게는 명절 등 선물이 집중되는 시기에 선물이 수십 개씩 들어오기 때문에 누가 보낸 선물인지 기억조차 못 한다는 것이었다.

더군다나 그때 보내는 선물들은 관련 업체뿐만 아니라 승진 후보자들이 동시에 보내서 가격의 편차가 거의 없을 정도로 비싼 것들이 대부분이었다.

효과도 보지 못하면서 많은 돈이 들어가는 선물은 안 하니만 못하다는 것이 그의 판단이었다.

홍보부장은 선물의 정의를 이렇게 나타냈다.

첫째, 선물은 절대 남들이 안 할 때 해야 효과가 극대화된다.

둘째, 가격에 상관없이 받는 사람이 좋아하거나 필요로 하는 것을 준비하는 게 원칙이다.

셋째, 받는 사람이 선물을 받으면서 기뻐할 날을 찾아야 한다.

위의 세 가지 원칙을 준수하면서 박강호는 자신이 선정한 20명의 임원들에게 4번에 걸쳐 선물을 준비했다.

아무도 선물하지 않는 3월과 6월, 두 번에 거쳐 그들이 좋아하는 것들을 선정해서 보냈고 결혼기념일과 생일을 알아내서 꽃다발을 집으로 배달했다.

그리 많은 돈이 들어가지는 않았다.

오만 원 이내에서 개인의 취향을 고려한 선물을 했기 때문에 뇌물이라고 보기에는 턱도 없는 것이었다.

그럼에도 그 효과는 대단했다.

선물을 보내고 나면 임원진에게 고맙다는 전화가 빗발치듯 쏟아졌다.

어떻게 자신의 결혼기념일을 알았냐며 놀라움을 숨기지 않았고 곶감을 먹고 싶었는데 마침 보내줘서 아주 맛있게 먹었다는 인사를 해왔다.

박강호가 알기로 명절 때 비싼 선물을 보낸 승진 후보자들은 아무도 전화를 받지 못했다.

그런 면에서 봤을 때 홍보부장의 선물 전략은 가히 신의 한 수로 여겨질 만큼 파괴력이 컸다.

선물에 이어 박강호가 가장 신경 쓴 것은 직원들의 경조사를 챙기는 것과 임원들이 회장으로 있는 동호회에 참가하는 것이었다.

경조사는 사람에게 있어서 가장 기억에 남는 날이다.

특히 부모를 잃은 사람은 반드시 조문한 사람들을 기억하며 그 고마움을 잊지 않는다.

재밌는 것은 조문을 왔을 때 얼마나 오래 있었냐에 따라 고마움의 깊이가 다르다는 것이었다.

세월이 변하면서 장례식장의 분위기도 바뀐 지 오래였다.

고스톱을 치면서 밤을 새우던 것은 이미 옛날이야기였고 요즘은 식사 시간에 맞춰 밥을 먹은 후 자리에서 일어나는 것이 보편화되었다.

그런 와중에 오랜 시간 자리를 지키는 사람에게 가지는 상주의 고마움은 상식을 뛰어넘을 정도로 크다는 것을 아는 사람은 별로 없었다.

사람의 심리는 자신이 어려울 때 도와주는 사람에게 깊은 인상을 갖는 법이란 걸 알면서도 그것을 실천하는 사람은 드물었다.

박강호는 장례식장에 가면 보통 여섯 시간을 머물면서 오지랖을 넓혀 손님을 접대했고 필요한 물품들과 상주가 필요한 것들에 대해서 구입하는 등 마치 그 집안의 집사처럼 행동했다.

정말 말도 안 되는 짓이었으나 그런 행동을 가지고 뒷담마를 까는 사람은 드물었다.

그것도 희생이기 때문이었다.

남들이 하지 않는 희생을 스스로 자처하는 그를 사람들은 결코 욕하지 않았다.

그러다 보니 주말은 거의 집에 있을 새가 없었다.

경조사가 없을 때는 동호회에 참석했기 때문에 가족들은 박강호의 얼굴을 구경하는 게 하늘의 별 따기였다.

특히 두 아들은 아빠의 얼굴마저 잊어버릴 지경이었다.

회계사 자격증을 따기 위해 일 년 동안 12시 이전에 들어와 본 적이 없고 금년에 들어와서도 주말에는 자리를 비웠기 때문에 아이들의 소원은 예전처럼 아빠와 함께 놀이동산에 가는 것이었다.

오랜만에 일찍 집으로 돌아온 박강호는 웬일이냐는 표정으로 마중 나온 윤선아를 향해 어색한 웃음을 지었다.

정말이지 거짓말처럼 이번 주는 아무것도 없었다.

경조사는 물론이고 동호회 일정도 잡히지 않았고 심지어 회사 일도 바쁘지 않은 주말.

그야말로 꿈에 그리던 주말이 생겼던 것이다.

박강호는 가족들과 함께 오랜만에 저녁 외식을 나갔다.

아이들이 좋아하는 돈가스 전문점은 하남에도 많았기 때문에 차를 타지 않고 걸어 나갔다.

시내까지 걷는 동안 아이들은 아빠와의 외출이 즐거운 듯 웃음을 멈추지 못했다.

그건 윤선아도 마찬가지였다.

박강호의 팔짱을 끼고 걷는 그녀의 표정에는 세상을 다 가진 사람처럼 행복이 가득 들어 있었다.

아이들이 밥 먹다가 말고 만세를 부른 것은 박강호의 말을 듣고 난 후였다.

"우리 아들들, 내일 우리 에버랜드 갈까?"

"정말이야, 아빠?"

"그럼 정말이지."

"와아, 신난다."

초등학교에 다니는 두 아들은 박강호의 말에 두 팔을 번쩍 들고 환호성을 질렀는데 그 와중에도 윤선아의 눈치를 살피며 정말인지를 계속해서 확인했다.

그것은 윤선아도 마찬가지였다.

승진을 위해서 미친 듯 뛰어다니던 박강호가 갑자기 놀이공원에 놀러 가자는 소리를 하자 믿기지 않는다는 표정을 숨기지 못했다.

"당신 내일 어디 안 가?"

"내일은 아무런 일도 없어. 오랜만에 쉴 수 있는 날이야."

"살다 보니 별일도 다 있네. 당신이 공휴일에 어딜 안 간다고 하니까 오히려 이상해."

"내일은 정말 가족을 위해서 봉사할게. 맛있는 것도 먹고 재미있는 것도 많이 타자."

"정말이지? 나중에 딴소리하기 없기야."

"하하하. 이 사람은. 내가 언제 빈말하는 거 봤어?"

"흥, 한두 번 속았어? 올해 들어서는 계속해서 기대만 하게 만들어놓고 못 갔잖아."

"그랬나?"

박강호가 윤선아의 날카로운 눈초리를 피하며 머리를 긁적였다.

벌써 1년 훨씬 넘게 공휴일을 가족과 보내지 못했다.

그전에는 공휴일만 되면 가족과 함께 놀러 다니고는 했는데 승진이 목전에 다가오자 그럴 시간이 없어졌다.

직원들의 경조사를 끊임없이 챙겨야 했고, 사내 동호회 활동이 있으면 무슨 일이 있어도 참석하려 노력했다.

동호회 활동이 1년을 넘어가자 친해진 몇몇 임원들은 수시로 그에게 등산이나 낚시를 하러 가자고 연락을 해왔다.

거절한다는 것은 말도 안 되는 일이었다.

사정해서 자리를 마련해도 시원찮을 마당에 그들 스스로 불러주니 절이라도 해야 하는 상황이었다.

더군다나 평일에도 퇴근 후 사람들을 만나느라 바빴기 때문에 언제부턴가 윤선아는 그를 보고 하숙생이라 부르기 시작했다.

그런 시간이 1년을 넘었으니 아이들이 뛸 듯이 기뻐하는 것도, 아내가 의심스러운 시선을 보내는 것도 어쩌면 당연한 일인지도 몰랐다.

살다 보니 이런 날도 있을까 싶게 이번 휴일은 아무런 일정이 잡히지 않았다.

임원들의 연락도, 사내 동호회 활동도, 직원들의 경조사도 없었다. 생각해 보니 자신도 모르게 한숨이 나왔다.

사람이 일을 하고 나면 쉬는 것이 마땅한데, 지난 1년 동안 거의 쉬지를 못했다.

육체적인 것보다도 정신적인 피로가 심했다.

임원들과 등산을 가거나 낚시를 하는 것은 결코 즐겁기만 한 여가 활동이 아니었다.

매 순간이 조심스러워 늘 긴장을 해야 했다.

푸르른 6월의 하루를 가족과 보낼 생각을 하자 기분이 좋아져 입가에 절로 미소가 떠올랐다. 윤선아도 그런 박강호를 따뜻한 눈빛으로 쳐다보았다.

저녁을 먹은 후 윤선아는 콧노래를 흥얼거리며 슈퍼에 가서 재료를 사 와 김밥을 만들기 시작했다.

놀이공원은 가급적 아침 일찍 갔다가 일찍 돌아오는 것이 좋다는 것을 알고 있었기에 박강호는 평소보다 조금 이른 시간에 잠자리에 들었다.

침대에 누워 다음 주에 해야 할 일들을 떠올리고 있을 때 윤선아가 이불을 들치며 가슴으로 파고들었다. 오랜만에 마주하는 아내의 품이 부드러워 꼭 안아주었다.

"여보, 미안해."

벌써 결혼한 지 14년이 지나고 있었다.

그동안의 결혼 생활을 회상한다면 남편으로서 우등생은 아니더라도 최소한 중간은 된다고 생각해 왔다.

그런데 지금은 낙제에 가까운 점수를 받는 신세가 되었으니 윤선아를 볼 때마다 미안한 마음이 들 수밖에 없었다.

하지만 이해심 많은 그녀는 그가 무엇 때문에 그렇게 힘들게 생활해야 하는지를 잘 헤아려 주었다.

만약 윤선아가 묵묵히 참아주지 않고 화를 내거나 끊임없이 잔소리를 했다면 박강호는 견디지 못했을 것이다.

열어놓은 창문으로 은은한 달빛이 두 사람을 비추었다. 이런 분위기에서 그냥 잔다는 건 맞아 죽을 일이기에 박강호는 슬며시 윤선아를 끌어안았다.

그때 머리맡에 놓아두었던 핸드폰이 비명을 질렀다. 분위기는 순식간에 깨져 버렸고 박강호는 입맛을 다시며 핸드폰을 들었다.

"여보세요?"

─형님, 손 차장입니다. 방금 연락이 왔는데 기획실장님이 부친상을 당하셨답니다.

"뭐? 언제?"

─9시경에 돌아가셨다네요.

"상가는 어디라는데?"

─김천에 있는 화령병원이랍니다.

박강호의 얼굴이 순식간에 흑색으로 바뀌었다.

통상적으로 삼일장을 하기 때문에 오늘 아홉 시에 돌아가셨다면 내일모레가 발인이었다.

그 이야기는 반드시 내일 문상을 가야 한다는 뜻이었다.

무슨 일이냐는 듯 쳐다보는 윤선아의 시선을 피하면서 박강호가 무겁게 입을 열었다.

"손 차장은 어쩔 건데?"

─저는 내일 다른 일이 있습니다. 형님은 어쩌실 생각입니까?

"나는 가봐야 될 것 같아."

─그럼 제 부조 좀 부탁드립니다.

"알았어."

박강호는 핸드폰을 내려놓고 길게 한숨을 쉬었다.

다른 사람도 아니고 기획실장이다.

웬만하면 이번만은 무시했겠지만 기획실장은 회사에서 막강한 영향력을 가진 사람이었다.

더군다나 그는 자신의 경쟁 상대인 기획실 황 차장의 직속 상관이기도 했다.

김천까지는 적어도 세 시간 반에서 네 시간이 걸린다. 왕복 여덟 시간을 잡고 장례식장에서 머무는 시간까지 감안하면 저녁 늦게야 집에 돌아올 수 있을 것이다.

"여보……."

"……."

윤선아는 박강호의 부름에 대답하지 않았다.

통화 내용을 대충 짐작한 모양이었다. 아무리 착한 아내라 하더라도 이번에는 그냥 넘기기가 힘들 것이다. 다시 한 번 한숨을 내쉰 박강호가 윤선아의 어깨에 손을 올리자 그녀의 몸이 꿈틀댔다.

찬바람이 휙휙 도는 몸짓이었다.

"기획실장님 부친상이야. 안 가면 안 되는 자리야."

"부조만 해도 되잖아!"

"이제 얼마 남지 않았어. 여보, 나들이는 다음에 하자. 미안해."

"그런 말 듣기 싫어. 미안하다는 말을 너무 많이 한다고 생각하지 않아?"

"어쩔 수 없는 일이잖아. 이렇게 될 줄 누가 알았겠어."

"나는 괜찮아. 하지만 애들은 어떡해. 아까 애들이 좋아서 펄펄 뛰는 거 봤잖아!"

"……"

"이번에는 그냥 부조만 하면 안 돼? 애들 생각도 해야지."

"미안해. 꼭 가야 되는 자리야."

"흥, 맘대로 해."

근 1년 만의 나들이 약속을 깨뜨리고 상가에 가겠다는 남편
을 윤선아는 용서할 수 없었던지 결국 자리에서 벌떡 일어나
방을 나가 버렸다.

따라가서 달래주는 것이 옳을 듯했지만 박강호는 자리에서
일어나지 못하고 눈을 감았다.

이왕 벌어진 일이고 상갓집에는 갈 수밖에 없으니 결과는 변
하지 않는다. 지금으로서는 갔다 와서 아내의 마음을 풀어주
는 것이 최선의 방법이었다.

다음 날 아침 일찍 일어나 부지런히 세면을 하고 나오자 어
젯밤 화를 내고 나갔던 윤선아가 부엌에서 무언가를 준비하는
것이 보였다.

김밥이었다.

아이들과 함께 놀이공원에 가서 먹으려 했던 김밥과 우유를
그녀는 박강호를 위해 준비하고 있었다.

"이거 먹고 가."

"애들 주지그래."

"애들 건 남겨뒀어. 빈속에 운전하면 위험해. 꼭꼭 씹어 먹
어. 우유도 천천히 마시고."

"고마워."

"김천이라고 했지?"

"응."

"먼 길이라 고생하겠다. 속도 많이 내지 말고 조심해서 운전해."

"그래, 너무 걱정하지 마."

"미안해, 어제 화를 내서."

"아니야, 다 내 잘못인걸 뭐."

"당신 잘못 아냐. 내가 못돼서 그래. 당신 생각은 안 하고 우리만 생각했잖아. 미안해, 여보. 정말 미안해."

윤선아의 눈은 어느새 발갛게 달아올라 있었다.

작은 행복을 갖고 싶어 욕심을 부리던 그녀는 아침 일찍 일어나 먼 길을 떠나는 남편이 자신으로 인해 힘들어하는 걸 원치 않는 것 같았다.

제39장
백그라운드

　박강호는 승진계획서에 동그라미를 쳐가며 재무와 관련된 신간 서적을 꾸준히 공부했다.

　벌써 꽤 오랜 기간 많은 책을 읽어 계획서에 친 동그라미를 세어보니 61권이나 되었다.

　선진 재무기법을 다룬 책부터 재무와 관련된 논문까지 자신의 실력을 조금이라도 키울 수 있다는 판단이 들면 주저하지 않고 구해서 읽었다.

　책 속에는 참 많은 것이 들어 있었다.

　그의 업무는 다람쥐 쳇바퀴 돌리듯 정해진 일과를 반복하면 되는 것이었기에 지금까지 이런 관리 기법이 있다는 사실에 신경조차 쓰지 않았다.

그런데 공부를 하고 보니 재무에 관한 선진 기법은 상상하지 못한 수준까지 크게 발전되어 있었다.

그는 가급적 책을 정독하며 중요한 부분은 노란색 형광펜으로 덧칠해서 몇 번씩이나 반복해서 읽었고 회계사 시험을 대비해서 요약 노트를 만들었기 때문에 읽은 서적의 권수가 늘어갈수록 그의 머릿속에는 새로운 지식이 자리 잡았다.

최근 천하물산의 화두는 글로벌 경영 환경의 급격한 변화에 따른 경쟁력 향상이었다.

세계화된 시대에서 강력한 경쟁력을 지닌 회사들을 꺾고 우뚝 서기 위해서는 전사적인 개혁안과 위기 대처 방안들이 시급하게 마련될 필요성이 있었다.

그랬기에 시행된 것이 본부별 대단위 워크숍이었다.

각 본부별로 자신이 속한 부문에 대한 문제점을 도출하고 개혁안을 마련하며 우승자에 대한 포상을 통해 직원들의 사기를 진작시키겠다는 프로젝트였다.

그러다 보니 본부 자체 내의 경쟁도 치열했지만 본부의 명예가 걸린 경쟁으로 발전했다.

각 본부의 우승 팀들은 사장을 포함한 임원들이 대거 참여한 상태에서 자신들의 과제를 발표하는 것으로 계획되어 있어 본부장들은 초미의 관심을 나타냈다.

그것은 기획본부도 마찬가지였다.

본부장의 지시로 용인에 위치한 콘도에서 3박 4일의 일정으로 시행된 워크숍은 기획본부의 핵심 직원들이 대거 참여한 대규모 행사였다.

팀별로 주제를 정해 회의를 하고, 그중 가장 뛰어난 전략을 수립한 팀이 사장과 임원진 앞에서 다른 본부 워크숍에서 1등을 한 팀들과 함께 발표한다.

포상 계획도 있었기 때문에 각 팀이 최선을 다하는 것은 당연한 일이었다.

이번 경쟁에서 이긴다면 개인뿐 아니라 조직의 위상도 높일 수 있었기 때문에 워크숍에 참여한 직원들은 긴장감으로 얼굴이 굳어질 정도였다.

각각 열 명으로 구성된 일곱 개의 팀은 열띤 토론을 하며 최선의 전략을 모색했다. 대부분의 팀들이 저녁 늦게까지 쉬지 않고 전력을 다하며 그 어느 때보다 뜨거운 워크숍 분위기를 연출했다.

박강호의 7팀은 손진식을 포함한 재무부 직원들이 주가 되었고 자재부와 계약부 직원들도 반을 차지했다.

그랬기에 박강호는 자연스럽게 팀장의 직책을 떠안게 되었다.

킥오프를 하면서 가장 큰 이슈는 역시 발표 주제를 정하는 일이었다.

난상 토론 끝에 정해진 주제는 수출이 주를 이루고 있는 천하물산이 가장 민감하게 반응해야 하는 외환 위험에 관한 것이었다.

회의를 맡아 진행을 시작하면서 박강호는 서기에게 각 팀원들이 제시한 의견을 꼼꼼히 적도록 했다.

일단 자신은 의견을 말하지 않고 팀원들이 발언을 할 때마다 고개를 끄덕이며 좋은 의견이라는 말로 사기를 북돋는 역할만 했다.

박강호는 평소 회의 때도 다른 사람의 의견을 주로 듣고 있다가 적극적으로 반응하는 편이었기 때문에 그가 주관하는 회의는 언제나 시끌벅적한 토론이 벌어지곤 했다.

그러나 이번에는 달랐다.

워크숍 일정을 하루 남기고 각 팀이 발표 자료를 정리하기 시작할 때 박강호의 무거운 입이 열렸다.

그의 입에서 나온 이야기에 팀원들은 입을 쩍 벌렸다.

고환율이 회사에 미치는 영향부터 가장 타격을 받는 부분에 대한 세밀한 분석과 그에 따른 대처 방안이 줄줄이 쏟아져 나왔던 것이다.

현실에 대한 냉철한 시각으로 회사가 처한 위험을 최소화할 수 있는 방안들이었다.

팀원들은 박강호의 발언이 끝날 때까지 아무런 말도 하지 못했다.

보통 때처럼 의견에 문제점을 지적하고 나서는 사람도 없었으며, 모두들 조용히 침묵을 지키다가 원 대리를 시작으로 우렁찬 박수를 보냈다.

결국 7팀은 박강호가 내놓은 안을 중심으로 전략을 마련했고 파워포인트로 보고서를 작성했다.

꼬박 하루에 걸쳐 만든 보고서는 완벽 그 자체였다. 워크숍이 마무리되는 날 기획본부장이 참석한 발표회에서 7팀은 다른 팀과 확연히 차이가 나는 뛰어난 기획안으로 1등을 할 수 있었다.

7팀 팀원들이 환호성을 지르는 가운데 재무처장은 더없이 흡족한 표정으로 그들을 격려했다.

이제 남은 것은 다른 워크숍에서 1등을 한 다섯 팀과 사장 앞에서 경쟁하는 일이었다.

재무처 직원들이 주역인 7팀이 기획본부 워크숍에서 우승하자 재무처장은 팀장인 박강호를 불러 지갑을 열었다.

수표를 세 장이나 꺼내어 앞으로 내미는 그의 얼굴은 웃음이 잔뜩 들어 있었다.

"수고했어. 이걸로 직원들 고기라도 사줘."

"감사합니다."

박강호는 거부하지 않았다.

개인 돈을 내밀 정도로 기뻐하는 재무처장의 기분을 망가뜨리고 싶지 않았기 때문이었다.

재무처장은 워크숍 때 있었던 일들에 대해서 이것저것 묻다가 잠시 숨을 멈춘 후 본론을 꺼냈다.

"박 차장, 자네가 이번 최종 결승전에서 발표하게."

"제가 말입니까?"

기획처장의 주문에 박강호가 놀란 표정을 지었다.

기획본부장 앞에서 프레젠테이션을 한 것은 재무 2팀의 김희경 대리였다.

그녀는 정확한 말솜씨와 단정한 용모를 지녀 7팀이 우승을 차지하는 데 커다란 공헌을 했었다.

그럼에도 기획처장은 박강호를 지목해서 발표자를 바꾸려 했다.

"그때 발표하는 걸 보니까 김 대리는 정확한 내용을 모르고 있더군. 손 차장이 그러던데 대부분의 의견이 박 차장 머리에서 나왔다면서. 이번 발표는 사장님과 본부장들이 전부 배석하는 중요한 프레젠테이션이야. 따라서, 가장 내용을 잘 아는 사람이 해야 된다고 생각하네. 어떤가, 할 수 있겠나?"

"알겠습니다. 그렇다면 제가 준비하도록 하겠습니다."

무슨 의도인지 파악한 박강호는 더 이상 이견을 달지 않았다.

재무처장 역시 이번 발표에서 기획본부가 우승하기를 크게 바라고 있었다.

이왕 벌어진 판이라면 사장에게 기획본부, 특히 재무처가 얼마나 중요한 역할을 하는지 어필하고 싶었던 것이다.

"기대하겠네. 반드시 우리 본부가 우승할 수 있도록 잘해 줘."

"최선을 다하겠습니다."

최종 발표는 불과 일주일 후가 바로 디데이였다.

박강호는 집중적으로 보고서를 가다듬기 시작했고 고환율에 대한 각종 서적을 뒤져가며 발표할 내용들을 보충했다.

그러고는 3일에 거쳐 자연스럽고도 명쾌한 발표를 할 수 있도록 연습을 반복했다.

사실 그는 이번 기회를 석 달 전부터 노리고 있었다.

기획본부에서 주관하는 워크숍이 있다는 이야기를 듣자마자 미리 발표 주제를 구상하고 집중적으로 공부를 했던 것이다.

그 결과 박강호는 팀원들이 놀랄 정도의 전략을 내놓을 수 있었다.

그렇다 해도 이런 결과가 생길지는 몰랐다.

팀원들에게 자신의 실력을 보여주고 우승을 한 발표 자료가 자신으로부터 나왔다는 사실만 소문나면 그것으로 족하다고 생각했던 것이다.

그런데 판이 상상하지 못할 정도로 커지고 말았다.

공휴일에도 박강호는 회사에 출근해서 최종적으로 자료를 정리했고 프레젠테이션 시나리오를 집으로 가져와 시간을 체크하며 반복적으로 연습했다.

긴장이 되었다.

이제 이틀 후인 화요일에는 본선 심사가 열리기 때문에 시간이 얼마 남지 않았다.

"여보, 밥 먹고 해."

"응."

안방에서 시나리오를 외우고 있던 박강호가 윤선아의 부름에 식탁으로 나왔다.

아이들은 다소곳이 앉아 박강호가 나오기를 기다리고 있었다.

"배고프지, 먹자!"

"잘 먹겠습니다."

윤선아는 아이들을 확실히 교육시켜 밥 앞에서는 언제나 경건한 모습을 보이도록 만들었다.

국을 떠서 차례대로 식탁에 놓은 윤선아가 생각에 잠겨 있는 박강호의 어깨를 살짝 때렸다.

"그만하고 밥 먹어. 밥 먹을 때 다른 생각하면 얹혀요."

"그래, 먹자. 그런데 머리가 나빠졌나, 왜 잘 안 외워지지?"

"당신도 벌써 마흔둘이야. 아직 청춘이라고 생각하면 안 돼."

"벌써 그렇게 되었네."

"떨리겠다. 사장님 앞에서 발표한다면서?"

"응."

"내가 내일 청심환 사다 놓을 테니까 발표하는 날 아침에 먹고 가. 이왕 하는 거 잘해야지."

"아무래도 그래야 될 것 같아."

"거기서 발표 잘하면 뭐 있어?"

"표창도 있고 상금도 있어. 그리고 무엇보다 승진하는 데 아주 중요한 역할을 할 거야."

"좋았어. 그러면 우승 먹어라. 제발 좋은 일 하고 이제 그만 승진하자. 더 이상 이렇게 살다가는 말라 죽겠어. 그러니까 이 기회에 우승해서 사장님한테 도장 콱 찍고 와."

발표가 있는 날.

300석에 달하는 대강당 좌석은 직원들로 가득 찼고 발표 시간이 다가오자 사장을 비롯한 본사의 쟁쟁한 임원들이 모두 나타나 자리에 앉았다.

박강호는 대기실에서 마른침을 삼키며 그들의 얼굴을 하나씩 훑어나갔다.

저들이 자신의 운명을 손에 쥐고 있는 사람들이었다.

곧이어 실내의 등이 어둡게 조절되며 화면이 밝아졌다.

제일 먼저 발표자로 나선 사람은 홍보실의 이 차장이었고 그의 발표 주제는 '고객의 사랑을 받는 기획홍보안'이었다.

잘생긴 이 차장은 막힘없는 유연한 태도로 준비한 자료를 발표해 나갔다.

멋진 프레젠테이션이었다.

쉽게 이해가 되면서도 핵심을 정확히 짚어내는 발표 기술은 아주 인상 깊었다.

발표를 끝내고 돌아 나오는 그의 등 뒤로 사람들의 박수갈채가 쏟아지는 것을 보며 박강호는 깊게 심호흡을 했다.

첫 번째 발표자 뒤에는 또 얼마나 대단한 사람들이 기다리고 있을까 싶었지만 두렵다는 생각은 들지 않았다.

최선을 다해 준비했기 때문에 자신도 남들 못지않게 할 수 있다고 속으로 끊임없이 주문을 외웠다.

운명의 시간은 다가와 드디어 그의 차례가 되었다. 기다릴 때는 초조함 때문에 떨어져 나갈 것처럼 쿵쾅대던 심장이 이상하게도 차분하게 가라앉았다.

어깨를 좌우로 흔들어 움츠러든 몸을 풀고 빠르지 않은 걸음으로 보고석에 섰다.

그러고는 준비한 프레젠테이션을 시작했다.

아무것도 보이지 않았고 아무것도 생각나지 않았다. 오직 기계처럼 준비한 내용들을 하나씩 끄집어내어 강당을 가득 채운 직원들에게 전달할 뿐이었다.

제한된 10분은 순식간에 지나갔다.

박강호가 마지막 인사말과 함께 허리를 숙여 인사를 하자 사장이 고개를 크게 끄덕이는 것이 보였고 곧이어 우레와 같은 박수 소리가 터져 나왔다.

그때부터 박강호의 심장은 다시 무섭게 떨리기 시작했다. 어떻게 걸어 나왔는지 모를 정도로 그를 향한 박수 소리는 우렁찼다.

다음 날 재무처장의 방에는 재무부장과 자재부장, 계약부장이 모두 모였다.

최종 발표에서 기획본부가 우승을 차지했기 때문에 재무처장은 어제저녁 식사를 하면서 공식적인 포상금 외에 본부장이 주는 격려금을 별도로 받았다.

우승의 주역이 재무처 직원들이었기 때문에 본부장은 주무 처인 기획실장을 제치고 재무처장에게 격려금을 주었던 것이다.

불과 50만 원밖에 되지 않았지만 재무처장의 기분은 날아갈 정도로 좋았다.

머리 좋은 놈들만 데려간다는 기획실을 꺾고 본부 자체 내에서 1등을 한 것도 대견한데 최종 결선에서 우승까지 차지했으니 기뻐도 너무 기뻐 어제저녁에는 밤잠까지 설칠 정도였다.

"김 부장!"

"예, 처장님."

"내 입 찢어지지 않았지?"

"하하하, 이제 보니 거의 찢어지기 일보 직전입니다."

"재무처장 2년 동안 이렇게 기쁜 일은 처음이다."

"저도 그렇습니다."

"자네도 봤지, 박 차장이 프레젠테이션하는 거?"

"예, 봤습니다."

"정말 대단하더군. 핵심을 찌르는 발표 기법과 요소요소마다 선진국 예를 들며 도표화해서 눈에 확 들어오게 만든 발표 자료도 최고였어. 더군다나 한마디도 끊이지 않는 브리핑은 프레젠테이션의 교과서를 보는 느낌이었단 말이지."

"저도 박 차장이 그 정도로 멋지게 해치울 줄은 정말 몰랐습니다."

"하여간 잘했고, 우승을 차지한 팀의 절반이 우리 처 애들이지?"

"발표한 박강호를 비롯해서 5명이 우리 처 직원들입니다."

"그 직원들 휴가 보내. 내 직권으로 특별 포상 휴가를 줄 테니까 다녀오라고 해."

"그렇게 해주시면 직원들이 좋아할 겁니다. 하지만, 박강호는 못 갈 텐데요."

"왜?"

"그건 처장님이 더 잘 아시잖아요."

김문호가 재무처장의 얼굴을 빤히 쳐다보면서 도발적인 눈빛을 던졌다.

7월이 된 지금까지 재무처장은 부서의 승진 후보자를 선정하지 않고 있었던 것이다.

고민과 갈등.

재무처의 승진 후보자는 재무처장의 동문회 측에서 거센 압박을 보내왔기 때문에 결정을 내리지 못하고 지금까지 끌어왔는데 이젠 더 이상 지체한다면 재무처장이나 승진 후보로 결정된 사람 모두 심대한 타격을 입을 수밖에 없다.

여기서 더 지체된다면 다른 임원들은 재무처의 승진 주자를 제쳐놓을 가능성이 컸기 때문이었다.

그랬기에 김문호는 이 기회를 들어 재무처장에게 다시 한 번 결정해 달라는 강력한 신호를 보냈다.

그러자 재무처장이 쓴웃음을 지으며 자재부장을 쳐다봤다.

"황 부장."

"예, 처장님."

"회의 끝나고 허경환이 들어오라고 해. 그리고 이 순간부터 재무처의 승진 주자는 박강호로 정한다."

"처장님!"

재무처장의 선언에 자재부장의 얼굴이 하얗게 변했다.

내심 그는 자신이 데리고 있는 허경환이 승진 주자가 될 것이라 확신했던 모양이었다.

그러나 반대로 김문호의 얼굴은 순식간에 활짝 펴졌다.

"오랫동안 고민해서 결정한 거야. 허경환이 비록 내 후배라도 자네들도 계속 봐왔겠지만 박강호를 제친다는 건 말이 안돼. 업무적인 면이나 인간적인 면, 그리고 자기 계발 측면에서도 재무처의 주자는 박강호가 되는 것이 맞아. 그러니 더 이상 이 문제를 가지고 왈가왈부하지 말도록!"

10월 말.

박강호는 방배동에 있는 기획실장 집 앞에서 담배를 피워 물고 멍하니 서 있었다.

지난 9월에 찾아와 무턱대고 초인종을 눌렀을 때 기획실장은 잠시 망설이다가 그를 안으로 들여 커피를 주었다. 하지만 그게 전부였다.

박강호가 머리를 조아리며 도와달라고 부탁을 해도 기획실장은 냉정한 얼굴로 미안하다는 말만 되풀이할 뿐이었다.

자기 밑에 있는 성 차장을 진급시키기도 벅찬 상태라는 게 이유였다. 한숨이 나왔지만 어쩔 수 없는 일이었다.

기획실장의 입장도 충분히 이해가 갔으나 그 냉정한 모습에 설움이 복받쳐 올랐다.

　2년 가까운 시간 동안 온갖 정성을 기울여 심사위원이 될 만한 사람들의 지원을 약속받았으나 기획실장만은 요지부동이었다.

　기획실장은 천하물산에서 가장 막강한 영향력을 행사하는 직책 중 하나였기 때문에 심사위원 명단에 포함될 확률이 아주 높았다.

　그를 포기하는 것은 진급을 포기하는 것과 똑같은 것이라고 박강호는 생각했다.

　그랬기에 그는 마음을 가다듬고 오늘 다시 한 번 무작정 기획실장의 집을 찾았다.

　찾아가겠다고 미리 말해봤자 오지 말라고 할 테니 사전 약속을 하는 것은 바보짓이었다.

　무거운 마음으로 초인종을 누르자 한참 후에 사모님이 문을 열고 나왔다.

　"사모님, 안녕하세요. 저번에 찾아뵀었던 박강호입니다. 실장님을 만나 뵈려고 왔습니다."

　"어머, 어쩌죠. 오늘 저녁 약속이 있다고 하시던데."

　"아, 그러셨군요. 제가 깜박하고 미리 약속을 하지 못했습니다. 제 잘못입니다."

　"먼 길 오셨을 텐데 어쩌나······."

　"괜찮습니다. 밖에서 기다리겠습니다. 오늘 꼭 만나 뵐 일이 있어서요. 그럼…….".

박강호는 다시 공손하게 인사하고 아파트를 내려와 화단에 쭈그려 앉았다.

10월 말의 날씨는 쌀쌀해서 그는 담배를 한 대 피워 물고 일어나 아파트 단지에서 흘러나오는 불빛들을 바라보며 옷깃을 여몄다.

불빛들은 지금 자신의 처지와는 달리 화려하고 아름답게만 보였다.

한 시간이 지나고 두 시간이 흘렀으나 기획실장은 들어오지 않았고 시간이 지나면서 싸늘한 날씨 때문에 몸이 점점 굳어왔다.

아무도 반겨주지 않는 곳에서 떨리는 몸을 추스르며 밤하늘을 쳐다보자니 괜히 서글퍼졌다.

'내가 하는 짓이 정말 잘하는 것일까?'

그는 마음을 다잡고 아파트 입구를 서성였다.

잠시라도 자리를 비웠다가 기획실장이 돌아오면 낭패이기 때문에 그곳을 벗어날 수가 없었다.

그는 아파트 입구를 빙빙 돌며 차가워진 몸을 풀기 위해 부지런히 움직였다.

안주머니에 넣어두었던 핸드폰이 길게 운 것은 10시가 다 되어갈 무렵이었다.

"여보세요?"

—강호야, 누나다. 잘 있었어?

"누나, 웬일이야?"

―걱정돼서 전화했지. 지금 어디니?

"방배동이야. 만날 사람이 있어서."

―왜 또, 승진 때문에?

"응…… 기획실장님을 만나려고 왔는데 안 계시네. 그래서 기다리는 중이야."

―사람도 없다면서 왜 기다려?

"오늘 만나야 돼. 그분의 도움이 꼭 필요하거든."

―…밥은 먹었어? 도대체 지금이 몇 신데 아직까지 기다려. 너 얼마나 기다린 거니?

"세 시간이 조금 넘었네."

―뭐라고!

"별거 아니야. 조금 지나면 들어오시겠지. 얼굴만 보고 집에 갈 거야."

―밥도 못 먹고 뭐하는 거야, 날씨도 추운데 바보같이… 흑 흑.

수화기를 통해 누나의 울음이 들려왔다.

대학교 다닐 때 박강호를 아들처럼 돌보던 큰누나는 아직도 박강호가 매번 어리다고 생각했다.

누나는 승진을 위해 남의 집 앞에서 하염없이 기다리는 동생의 처지가 너무나 안타깝게 느껴졌던 모양이었다.

"누나 왜 그래, 울지 마. 난 괜찮아. 나같이 아무것도 없는 놈이 이런 정성마저 없다면 어떻게 진급을 하겠어."

―강호야, 누나가 아무런 도움도 되지 못해서 미안하다. 정말 미안해…….

"누나, 걱정하지 마. 난 반드시 해낼 거야."

박강호는 우는 누나를 간신히 달랜 후 전화를 끊었다.

누나는 중학교만 간신히 나온 뒤 결혼을 한 후 그가 대학에 다닐 수 있도록 뒷바라지를 하느라 많은 고생을 했다. 그런 누나가 자신을 위해 울면서 미안해하고 있었다.

기획실장이 아파트로 들어선 것은 11시가 훌쩍 넘었을 때였다. 다가오는 그에게 박강호는 가로막듯 다가가 허리를 깊숙이 숙이고 인사를 했다.

"자네 웬일인가?"

"실장님을 뵙기 위해서 왔습니다. 그런데 너무 늦어 그냥 돌아가야겠습니다."

"음…….'

"실장님, 이건 맨손으로 오기 뭐해서 가져왔던 겁니다. 받아 주십시오."

"이게 뭔가?"

"골프티입니다. 새로 나온 건데 알루미늄으로 만들어서 견고하다고 하네요. 그럼 저는 이만 가보겠습니다. 안녕히 주무십시오."

정중하게 인사를 한 후 박강호는 성큼성큼 아파트 사이로 길게 난 길을 뛰어갔다.

그 모습은 아무 미련이 없는 사람처럼 보일 정도로 씩씩한 것이었다.

기획실장은 박강호가 건네주는 골프티를 받아 들고서 뒤돌아 뛰어가는 그의 뒷모습을 한동안 쳐다보다가 걸음을 떼었다.

경쾌하게 뛰어가고 있었으나 그 모습에서 알 수 없는 슬픔이 느껴졌기 때문이었다.

그가 여기에 온 이유는 명확했다.

박강호에 대한 동료들의 평가는 더할 나위 없이 좋았고 본인도 그렇게 판단하고 있었으나 같은 부서의 문 차장을 생각한다면 절대 도와줄 수 없는 친구였다.

그럼에도 그를 볼 때마다 안타까운 것은 사실이었다. 아무런 배경도 없지만 사람 됨됨이가 참 됐다 싶어 자신도 모르게 도와주고 싶다는 생각이 들곤 했다.

하지만 세상일은 하고 싶은 대로만 할 수 없기에 그는 걸으면서 고개를 저었다.

그러나 집으로 들어온 기획실장은 상의를 받아 드는 아내의 말을 들은 후 기어코 깊은 신음 소리를 내뱉고 말았다.

아내의 말에 따르면 박강호는 저녁 7시에 집의 초인종을 눌렀다고 했다.

지금이 11시 반이니 7시에 왔다면 무려 네 시간 반이나 기다렸다는 이야기다. 그런데 1분조차 되지 않는 짧은 시간 동안 자신을 만난 후 아무런 미련 없이 발길을 돌리고 말았다.

지난번에 찾아왔을 때 그렇게 냉대를 해서 돌려보냈으니 다른 사람 같았다면 얼굴조차 마주치지 않으려 했을 텐데, 박강호는 여전히 진심 어린 자세로 자신을 찾아왔던 것이다.

기획실장은 그가 주고 간 골프티를 한참 들여다보았다.

시중에서 산다면 오천 원이면 충분히 사고 남을 만큼 하찮은 선물이었다.

그럼에도 그 선물이 다른 어떤 것보다 무겁게 느껴졌다.

저절로 새어 나오는 한숨.

박강호의 집념과 정성은 자신이 지금까지 한 번도 본 적이 없을 만큼 지극했고 처절한 것이었다.

퇴근 시간이 다 되어가는 6시 무렵에 박강호의 책상 위에 놓인 전화가 길게 울렸다.

그는 책상 위에 쌓아놓은 서류를 정리하다가 전화기를 들어 공손하게 답했는데 퇴근 시간에 전화가 오는 경우는 대부분 급한 경우가 많았기 때문이었다.

급한 전화는 높은 사람에게서 온 전화란 뜻이다.

"전화 주셔서 감사합니다. 재무 1팀장 박강호입니다. 무엇을 도와드릴까요?"

—오호, 제법 친절하네. 뭐 하냐?

"형님, 웬일이십니까!"

—웬일은, 네가 하도 연락이 없어서 전화해 봤다.

"연락이 없기는요. 이틀 전에도 했잖습니까."

—짜식…… 그냥 말이 그렇다는 얘기지. 오늘 소주 한잔 어때?

박강호의 반박에 홍보부장 김대진이 껄껄 웃었다.

그들은 이제 허물없는 사이가 되어 전화기에 대고 스스럼없이 웃고 떠들었다.

"좋습니다. 형님이 불러주신다면 저야 언제든지 콜이죠."

—그럼 이따가 회사 앞에 있는 곱창집으로 나와라.

"오발총 말이죠?"

—그래.

"알았습니다."

수화기를 내려놓은 박강호가 고개를 갸웃거리며 책상을 마저 정리했다.

김대진을 만나고 거의 2년이란 세월이 지나갔다.

정말 눈 깜박할 사이라는 말이 실감날 정도로 빠르게 지나간 시간이었다.

그동안 김대진은 수많은 조언을 해주었는데 하나하나 뼛속까지 사무치는 내용들이었다.

이제 승진 심사는 한 달 앞으로 다가왔다. 절로 가슴이 뛰었고 긴장감 때문에 일이 손에 잡히지 않았다. 답답한 속을 누구에게라도 좀 풀었으면 싶었는데 마침 김대진이 전화를 해주었으니 달려 나가 절이라도 하고 싶은 심정이었다.

오발총 곱창집은 유명한 프렌차이즈 곱창집 이름을 차용한 곳이지만, 워낙에 목이 좋고 음식도 맛있어 늘 사람들로 북적였다.

문을 열고 들어서자 곱창 굽는 구수한 냄새가 코를 자극해 왔다. 홀을 가득 채운 사람들 사이를 훑어보니 한쪽에서 손을 흔드는 김대진이 보였다.

"형님, 갑자기 술을 다 사주시겠다니 뭔 일입니까?"

"하하하. 위로 좀 해주려고 그런다. 어때, 힘들지?"

"귀신이네요."

"인마, 나도 다 겪어본 거야. 아마 지금이 가장 힘들 거다."

"아직 한 달이나 남았는데요, 뭐."

"그러니까 영양 보충하고 힘내. 아줌마, 여기 곱창 삼 인분만 주세요!"

김대진의 외침에 분주히 움직이던 아주머니가 주문을 받아 갔고 얼마 지나지 않아 밑반찬과 곱창이 나왔다. 곱창은 숯불 위해서 금세 지글거리며 기름방울을 쏟아냈다.

김대진은 곱창이 제대로 구워지기 전에 벌써 소주를 두 잔이나 마셨다.

그가 빙글거리며 입을 연 것은 박강호가 고소한 냄새를 풍기며 구워지는 곱창을 뒤적거릴 때였다.

"어때?"

"뭐가요?"

"잘돼가는 거냐?"

"잘 모르겠습니다. 형님이 가르쳐 주신대로 최선을 다했는데 어떻게 될지 장담을 못 하겠어요."

"천하의 박강호가 소심함의 극치를 보이는구나. 남들이 보면

네가 그 얼굴 두꺼운 박강호 맞나 의심하겠어."

"요새는 먹어도 먹는 거 같지 않고 자도 자는 것 같지 않습니다. 환장할 지경입니다."

"스트레스받으면 다 그래."

"죽이 되든 밥이 되든 얼른 끝났으면 좋겠어요."

"거짓말하지 마, 인마. 그런 놈이 회사가 들썩거릴 정도로 그렇게 난리를 쳐!"

"무슨 난리요?"

"임원들이 너 때문에 고민이 많은가 보더라. 학교 측에서는 다른 놈들을 들이미는데 너는 죽어라고 덤벼대니까 어쩔 줄을 몰라 하는 것 같아. 더군다나 네 사수 김문호하고 재무처장이 얼마나 설레발을 치고 다니는지 미치겠다고 하더라. 김문호는 아예 지네 학교 눈치도 안 보는 모양이야."

"고마운 분들입니다."

"나도 그 고마운 분들 중에 들어가냐?"

"당연한 말씀을 하세요."

"크크크……. 너무 걱정할 거 없다. 너 정도면 최선을 다한 거야."

"정말 잘될까요?"

"최선을 다한 사람은 절대 후회하지 않는 법이다."

"하지만 아찔한 소문이 들려올 때마다 가슴이 철렁 내려앉아서 어쩔 줄을 모르겠습니다."

"어떤 소문 말이냐?"

"해외사업실 천 차장은 여당 쪽 국회의원이 민다는 소문도 있고, 사업관리처 황 차장은 사장님하고 먼 친척이랍니다."

"그래서?"

"그 두 사람뿐이라면 다행이겠지만 숨어 있는 자객이 한둘이 아닐 거라는 생각이 들어요. 그래서 형님 말씀처럼 최선을 다 했는데도 확신하지 못하는 겁니다."

"무슨 소린지 잘 안다. 네 심정도 이해가 가고."

"어쩌면 좋겠습니까?"

"너는 어쩌면 좋겠는데?"

"저는 태어난 게 시원찮아서 빽이라고는 없잖습니까. 그저 지켜볼 수밖에 없다는 게 안타까울 뿐입니다."

"너 무슨 삼류 영화 찍냐? 표정 보니까 꼭 신파극 주인공 같다."

"약 올리지 마시고요."

"네가 봤을 때 나는 출신 성분이 어떤 것 같으냐고!"

"형님이나 저나 그 밥에 그 나물 아니겠습니까?"

"맞아. 나도 너처럼 어려운 환경에서 자랐다. 하지만 말이다, 나한테는 승진을 앞두고 막강한 백그라운드가 있었어. 물론 지금은 역사의 뒤안길로 사라졌지만……."

"무슨 소립니까?"

"저번 정권의 경제수석이 내 백그라운드였다. 만약 상황이 여의치 않았다면 나는 청와대를 동원했을지도 몰라."

"정말입니까?"

"그래. 하지만 나는 그 빽을 가동하지 않았어. 그렇게 하지 않아도 충분히 승진할 수 있다고 판단했으니까."

"그분과는 어떤 사인데요. 먼 친척이라도 되는 겁니까?"

"아니, 원래는 전혀 상관없는 사이였다."

"그런데 어떻게?"

"나도 너처럼 많이 불안했다. 너무 불안해서 잠이 안 올 정도였지. 주변에는 지름길로 가려는 사람들이 언제나 있더라. 하지만 그 사람들을 원망하지는 않았다. 살아남기 위한 전쟁에서 치사하다거나 불공정하다는 말은 사치니까. 그래서 나도 백그라운드를 만든 거야."

"형님, 그게 노력한다고 되는 게 아니잖습니까!"

"강호야, 너 7의 법칙이라고 알아?"

"그게 뭔데요?"

"아프리카에 있는 소년도 일곱 단계만 거치면 그 아이가 평소에 무얼 하는지 어디가 아픈지 알 수 있다는 법칙이다."

"설마요."

"학술적으로 증명된 이론이야. 아프리카도 이 법칙이 통하는데 좁은 대한민국에서는 오죽하겠냐."

"그래서 그 방법으로 청와대 경제수석을 백그라운드로 만든 겁니까?"

"그래. 그리고 운도 좋았지. 그분이 마침 아는 선배의 친척형님이었으니까."

"그래도 그렇지……."

"사람이 하는 일에 불가능은 없어. 하고자 하면 뭐든 할 수 있는 게 사람이야. 그러니까 너도 7의 법칙을 잊지 마라."

"무슨 말씀인지 알겠습니다."

"정 답답하다면 말리지는 않겠다. 하지만 충분히 생각해 보고 결정해야 한다."

"자객들이 날뛰는 판인데, 가만히 있을 수는 없는 거 아닙니까?"

"자객들은 정통 무예를 익힌 고수를 이기지 못하는 법이야. 영화 못 봤어?"

"이건 영화하고 다르잖아요."

"아니야, 똑같아. 백그라운드를 동원해서 성공하는 놈은 열에 하나 있을까 말까다. 자객은 무림고수를 이기지 못한다고 했잖아!"

"그럼 형님은 왜 빽을 만든 겁니까?"

"너 같은 생각 때문이었지. 놈들에게 죽을 거란 생각은 하지 않았지만, 자객이 무서운 건 언제 암습해 올지 몰라서 아니겠냐. 그래서 호위무사를 둘 필요가 있겠다는 생각을 했다."

"저도 호위무사를 만들어야겠습니다."

"호위무사라도 자객의 암습을 막지 못하면 쓸모가 없지. 일류가 필요해. 혹시 생각해 놓은 사람 있어?"

"아니요, 아직까지는⋯⋯."

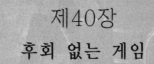

제40장
후회 없는 게임

　유태희는 박강호의 곁을 떠난 후 천하백화점의 사장으로 옮겨 갔다.

　결혼을 한 것은 그로부터 1년 반이 지난 후였는데 상대는 할아버지가 적극적으로 주선한 여당 핵심 인사의 손자였다.

　잘생긴 외모에 캘리포니아 주립 대학을 나온 그는 정계 인사의 직계 중 총아로 불리는 남자였다.

　할아버지는 그의 아버지인 정한용이 차기 대권 주자가 될 것이라 예상하고 있었다.

　물론 혼자만의 예상이 아니라 그룹 정보팀의 철저한 분석을 통해 내린 결론이었다.

　그랬기에 유태희의 결혼을 서둘렀다.

미리 방점을 찍어놓지 않으면 중요한 시기가 되었을 때 약발이 떨어진다는 것을 경험으로 알고 있었기 때문이었다.

하지만 세상일은 모두 예상한 것처럼 움직이지 않는다.

결혼을 하고 한동안은 나는 새조차 떨어뜨릴 정도로 막강한 권세를 누리며 승승장구해 나가던 정한용이 결정적인 순간 대선에서 야당 후보에게 패했던 것이다.

대선에서 패한 정한용은 예전의 권세를 찾지 못하고 서서히 시간 속에서 역사의 뒤안길로 사라져 갔다.

그렇다고 해서 그것이 유태희의 이혼에 직접적인 이유가 된 것은 아니었다.

그로 인해 유태희는 천하백화점에 이어 천하생명의 사장을 역임했고, 결국 천하그룹의 핵심 중에 핵심인 천하전자의 사장에 올랐다.

정한용이 대선 주자가 되어 새파랗게 권력이 살아 있을 때 벌어진 일이었다.

그녀는 정략결혼으로 많은 것을 얻었던 것이다.

사장으로 취임해서 갔던 계열사마다 그녀는 눈부신 성과를 보여주었다.

미래를 내다보는 과감한 투자로 막대한 이익을 올렸고 선진 경영 전략을 도입해서 급변하는 시장에 효율적으로 대응하면서 기업의 체질을 강화시켰다.

할아버지인 회장이 그녀의 오빠들보다 그녀에게 더 신뢰를 보이기 시작한 것은 그녀가 천하전자의 매출액을 역대 최대로 끌어 올렸을 때부터였다.

경영자로서는 최고의 순간이 그녀의 눈앞으로 다가오고 있었다.

차기 후계자의 일원으로서 강력한 경쟁력을 보여준 그녀는 천하그룹의 미래를 이끌어 나갈 주역으로 주요 임원들 사이에서 인식되기 시작했다.

그러나 사람의 인생은 어떤 삶을 살아가도 파고가 있게 마련이다.

사랑해서 결혼한 사람이 아니었다.

할아버지의 강한 주장으로 인해 가슴에 담긴 사랑을 숨긴 채 정략결혼의 길로 들어섰을 뿐이다.

결혼을 하고 착한 아내가 되어 살지는 않았다.

정략결혼이란 그런 것이다.

심장에 담긴 사랑이 아니었으니 그녀와 같은 지위에 있는 여자가 남편을 위해 손수 밥을 짓고 빨래를 한다는 것은 상상조차 할 수 없는 일이다.

늘 바빴다.

기업을 경영한다는 것에 언제나 많은 부담감이 머리를 떠나지 않았다.

더군다나 차기 후계자란 대권을 눈앞에 두고 있었으니 그녀는 늘 긴장 속에서 살 수밖에 없었다.

그런 시간들을 7년이나 보낸 후에야 남편인 정민호에게 다른 여자가 있다는 것을 알았다.

처음부터 사랑하지 않았고 정략결혼이었으니 질투를 하거나 그것으로 인해 괴로워하지 않으려 했다.

그도 그녀도 누군가의 희생양이었으니까.

하지만 그녀의 생각은 너무나 단순했고 잘못된 것이었다.

정민호도 그녀와 같다고 생각한 것은 그녀만의 착각이었던 것이다.

그의 바람이 언젠가 곧 사라질 한순간의 감정이란 생각은 정민호가 이혼을 요구하면서 산산이 깨져 버렸다.

이해할 수 없었다.

남편의 집안은 몰락할 대로 몰락해서 더 이상 정계에 나서지도 못하는 형편이었다.

천하그룹이 뒤에 없었다면 그는 어떤 야망도 꿈꿀 수 없는 사내였다.

나중에야 알았다.

정민호가 바람을 피웠던 상대가 정략결혼을 위해 어쩔 수 없이 버려야 했던 사랑하는 여자였다는 사실을.

충격으로 인해 한동안 잠을 이루지 못했다.

자신이 가진 모든 것을 버리고 뒤늦게 사랑하는 사람을 찾아 떠나겠다는 그의 용기가 어처구니없었으나 시간이 지나면서 점점 부러워지기 시작했다.

사는 것은 뭘까.

사람으로 태어나 진정으로 사랑하는 사람과 산다는 것은 그 어떤 것보다 행복한 것인데 자신과는 다르게 남편은 과감하게 그것을 선택했다.

그랬기에 그녀는 정민호의 이혼 요구를 순순히 받아들였다.

그것이 벌써 삼 년 전의 일이었다.

"안녕하세요, 문 사장님."

"예, 잘 지내시죠?"

삼성동 고급 일식집 '호반'으로 들어선 후 유태희는 기다리고 있던 천하물산의 사장 문찬호를 향해 가볍게 인사했다.

머리가 숙여지는 각도가 다르다.

문찬호의 머리는 그녀가 숙인 것보다 훨씬 아래를 향하고 있었다.

오너 일가의 차세대 에이스.

그룹 사장단에서는 그녀를 장자인 유광호와 함께 강력한 차기 대권 주자로 인식하고 있었다.

점점 시간이 지나가면서 대권의 향방은 혼돈 속으로 흘러가고 있는 중이었다.

그녀의 아버지인 유병철이 간암 판정을 받은 후 1년 전 병원에 입원하면서 차기 후계자는 곧바로 유광호와 유태희의 경쟁 구도로 굳어지고 있었다.

기업에서 살아남기 위해서는 어떤 줄을 잡느냐가 가장 중요한 일이었다.

그리고 그는 유태희의 편에 섰다.

상석에 유태희가 앉은 후 문찬호가 조심스럽게 맞은편에 앉았다.

오늘의 만남이 갑작스러운 건 아니었다.

그를 비롯해서 그룹 사장단의 반 정도가 그녀를 추종하고 있었기 때문에 소그룹별로 한 달에 한 번 정도 만나서 식사를 해왔다.

문찬호는 천하물산에서 잔뼈가 굵은 사람이었다.

유태희가 기획실에서 팀장으로 근무할 때 영업본부장직을 수행했기 때문에 누구보다 그녀에 대해서 잘 아는 사람이었다.

유태희는 아무도 모를 것이라 생각했겠지만 그녀의 사랑을 아는 몇 안 되는 사람 중의 하나이기도 했다.

하지만 지금까지 그에 대해 한 마디도 한 적이 없다.

보스가 가슴속에 숨겨놓은 사랑을 함부로 입에 올린다는 건 하수나 하는 짓이기 때문이었다.

음식이 나오고 술이 따라지자 유태희는 문찬호를 향해 잔을 내밀었다.

"거의 한 달 만이죠?"

"예, 그렇습니다. 한데 오늘은 무슨 일로 저만 부르셨습니까?"

"그냥 보고 싶어서 불렀죠. 간단하게 점심을 하는 데 여러 사람을 부르는 건 좀 그렇잖아요."

유태희가 얼굴에 웃음을 띠며 말을 돌렸다.

여전히 그녀는 아름다웠다.

나이가 사십이 훌쩍 넘었어도 그녀의 몸매는 처녀처럼 날씬

했고 피부도 윤기가 흘렀다.

문찬호는 그녀의 말을 듣고 고개를 끄덕였다.

뭔가 있다는 것을 알면서도 고개를 끄덕인 것은 긍정의 뜻이 아니라 기다림의 의미가 강했다.

곧 그녀는 오늘 그를 만나고 싶어 한 진짜 이유를 말할 것이다.

유태희는 식사를 하면서 천하물산과의 협업에 대한 이야기를 주로 했다.

전자에서 생산된 제품들은 물산을 통해 세계로 수출되기 때문에 두 계열사는 밀접한 관계가 있었다.

그녀의 이야기를 들으면서 문찬호는 연신 고개를 끄덕이며 수긍의 뜻을 보였다.

토를 달 필요가 없었다.

어차피 지금 유태희가 하는 말들은 대부분 결정되어 있는 일들이었으니 괜히 나서서 자신의 의견을 새롭게 개진한다는 것은 생뚱맞은 짓이었다.

그의 눈이 번쩍 빛난 것은 설중매를 한 잔 들이켠 유태희의 입술이 선뜻 말을 하지 못하고 주저하는 모습을 보였기 때문이었다.

눈치 9단.

그녀가 쉽게 말을 꺼내지 못한다면 자신이 돗자리를 깔아놓을 필요가 있었다.

그 많은 사장들 중에서 자신을 불렀다는 것은 그녀의 볼일이 천하물산에 있다는 것을 의미하는 것이었다.

그랬기에 그는 슬쩍 물산의 현안 사항들에 대해서 이야기를 꺼냈다.

"요즘 저희 회사는 미래 전략을 수립하느라 본부별로 대규모 워크숍을 했습니다. 거의 전 직원들이 참여한 워크숍이었는데 아주 성과가 좋았어요."

"좋은 안들이 많이 나온 모양이죠?"

"그렇습니다. 특히 기획본부에서 수립한 외환 위기 발생 시의 재무적 대처 방안은 정말 탁월해서 그대로 시행해도 될 정도였어요."

"기획본부장님이 선병일 전무님이시죠?"

"예, 그렇습니다."

"재무적 대처 방안이라면 기획실 재무처 쪽에서 만들었겠네요. 사장님이 그렇게 칭찬하실 정도면 대단한 기획안인 것 같아요. 외환 위기에 관한 것이라면 우리 쪽도 필요하니까 보내주세요. 검토해서 전자 쪽에도 적용할게요."

"그러시죠."

"그리고 보니 박강호 씨가 재무처 쪽에 있지 않나요?"

"맞습니다."

문찬호의 얼굴이 묘하게 변했다.

역시 이것이었다.

물산의 일들에 대해서 슬쩍 흘리며 워크숍 운운한 것은 유태희의 관심사가 과연 무엇인지 알고 싶었기 때문이었다.

그리고 그 이유는 금방 나타났다.

박강호의 이름이 나오는 순간부터 유태희의 차분했던 시선에는 열기가 피어오르고 있었다.

"사실, 그 기획안은 박강호 차장의 것입니다. 물산 전체 직원들이 경연을 벌인 프로젝트에서 최우수상을 받은 겁니다."

"사장님은 참 대단하세요. 어떻게 일개 차장 이름까지 알고 계시죠?"

자신의 생각이 맞다고 판단한 문찬호가 부연 설명을 하다가 유태희의 질문을 받은 후 얼굴을 새카맣게 굳혔다.

관심사를 파악한 것에 고무되어 너무 앞서 나가고 말았다.

그가 박강호를 안다는 것은 결국 그녀와 그의 관계를 이미 알고 있었다는 걸 노출한 것이나 다름없는 것이었다.

그랬기에 문찬호는 헛기침을 몇 번 터뜨린 후 물 잔을 손에 들었다.

다행스럽게 유태희는 그것에 대해서 추궁할 생각이 없었던 모양이었다.

"아시는 것 같으니까 물어볼게요. 혹시 그 사람 요즘 근황에 대해서 아시는 거 있나요?"

"죄송합니다. 그저 이름만 알고 있었을 뿐 현재의 상황에 대해서는 잘 모릅니다."

"제가 한 말 때문에 화나신 건가요?"

"그럴 리가요."

"그렇다면 말씀해 주세요."

"험험, 요즘 그 친구는 승진 때문에 열심히 뛰어다니는 것으로 알고 있습니다. 정말 더 이상 자세한 것은 모릅니다. 아시다시피, 저도 바쁜 사람 아닙니까."

"그러고 보니 곧 물산의 승진 인사가 있겠군요. 그 사람이 승진 대상잔가 보죠?"

"그렇게 알고 있습니다."

"신입 사원일 때가 엊그제 같았는데 정말 많은 시간이 흘렀군요. 벌써 그 사람이 부장 승진을 바라보다니."

"혹시 저한테 하실 말씀이 있습니까?"

문찬호가 의미심장한 눈으로 유태희를 바라보았다.

오늘 이 자리가 박강호로 인해 만들어진 것이라면 유태희가 그의 승진 청탁을 할 수도 있다고 생각했기 때문이었다.

하지만 유태희는 그의 얼굴을 마주 마라보며 빙긋 웃었다.

"사장님께서 오해하신 것 같네요."

"뭐가 말인가요?"

"저는 그저 지나가는 길에 그 사람의 근황에 대해서 물었을 뿐이에요. 승진 부탁을 하려고 보자던 것은 아니란 말씀이에요."

"그렇군요."

"그렇다고 일부러 떨어뜨리란 말도 아닙니다. 그저 지켜만 보셨으면 좋겠어요."

"힘들 텐데요. 저희 물산에서 박강호는 줄이 전혀 없는 사람입니다. 아마, 부장으로 승진하기는 쉽지 않을 겁니다."

"그래도 관여하지 마세요. 그 사람은 자존심이 무척 강한 사람이에요. 그리고, 누구보다 성실하고 최선을 다해서 살아가는 사람입니다. 그런 사람의 싸움은 치열할 것이겠지요."

"떨어진다면 엄청난 실망을 하게 될 겁니다. 본사를 떠나게 될지도 모르고요."

"그렇게 되면 안 돼요."

"무슨 말씀이신지……?"

"그 사람이 원 없이 싸우도록 해주세요. 이번에 안 되면 내년까지 말이에요."

"사장님, 그 사람은……. 혹시 아직도 마음에 두고 계시는 건 아니겠지요?"

문찬호가 슬쩍 묻자 유태희의 얼굴에서 자조 섞인 미소가 흘러나왔다.

처음으로 사랑한 사람.

그래, 그녀가 처음으로 사랑한 사람이었고 마지막으로 사랑한 사람이었다.

아직도 그를 생각하면 가슴이 아련하게 아파왔다.

그렇지만 그의 인생에 섣불리 관여하거나 간섭할 생각은 전혀 없었다.

그는 그만의 인생이 있었고 그녀가 바라본 그의 인생은 전장에 선 전사처럼 용맹했고 투지로 가득 찬 것이었다.

그럼에도 천하물산에 가득 차 있는 뿌리 깊은 학연 때문에 그가 상처받는 것은 절대 원하지 않는 것이었다.

"내년에도 안 되면 그땐 내가 나설 거예요. 그 사람에게 진 빚이 여러 개 있으니 이젠 서서히 갚아줄 생각입니다. 그때까지 사장님께서 물산에 계신다면 신세를 져야 할 것 같아요."

"…별말씀을……"

박강호는 식탁에 앉아 냉장고에서 맥주를 꺼내 들었다.

새벽 3시.

아무리 잠을 자려 해도 잠이 오지 않았다.

드디어 내일이면 천하물산의 부장 승진 심사가 시작되는 날이었다.

너무나 괴로웠던 2년의 시간이 지나고 결과만이 남았다고 생각하자 눈을 감아도 오직 떠오르는 건 그 생각뿐이었다.

맥주를 따서 벌컥벌컥 들이마셨다.

이렇게 해서라도 잊을 수만 있다면 냉장고에 있는 맥주를 전부 마실 수도 있을 것 같았다.

그때 윤선아가 안방 문을 열고 나왔다.

그녀는 밤새 뒤척이는 남편을 의식하며 쪽잠을 자다가 옆에 사람이 없자 일어난 것 같았다.

"잠이 안 와?"

"응."

"안주도 없이 그러고 있어. 잠깐만 기다려."

역시 냉장고는 주인을 알아본다.

박강호가 찾았을 때는 그렇게 보이지 않던 땅콩과 오징어가 윤선아의 손에 들려 쟁반에 담겨 나왔다.

"어차피 잠자기는 틀린 것 같네. 우리 같이 한잔해."

아마, 박강호가 흘려내고 있는 분위기 때문일 것이다.

윤선아는 절대 집에서 술을 마시는 적이 없었는데 오늘은 안주와 캔맥주를 꺼내어 박강호의 맞은편에 앉았다.

"당신, 긴장하고 있는 것 같아."

"그렇지. 아무래도……."

"당신 열심히 했잖아. 분명히 좋은 결과 있을 거야."

"그랬으면 좋겠다. 당신하고 애들한테 너무 못할 짓을 많이 해서 이젠 그만하고 싶어. 이번에 승진하지 못 하면 본사를 떠나거나 회사를 그만두는 것도 생각해 봐야 할 것 같아."

"여보!"

"이 정도로 했는데 안 된다면 일 년을 더 해도 안 된다는 뜻일 거야. 나의 노력이 회사 깊이 박혀 있는 학연의 뿌리를 이기지 못한다는 거니까 더 해봐야 소용없어."

"그렇다고 회사를 그만두면 어떡해. 애들은 어떻게 하고."

"회계사 자격증이 있으니까 먹고사는 데는 문제없을 거야."

"꼭 그래야 해?"

"순서를 기다리는 동료들한테도 기회를 줘야지. 나 때문에 손 차장은 이번에 명함도 내밀지 못했어. 내가 자리를 차지하고 비켜주지 않으면 그 친구는 계속해서 힘든 날들을 보내게 될 거야. 나는 그렇게 하고 싶지 않아."

"그렇구나."

"그러니까 마음 단단히 먹고 기다려 줘."

"알았어. 당신 마음이 그렇다면 당신 마음대로 해. 그래도 난 당신이 부장으로 승진했으면 좋겠다. 그렇게 고생했는데……. 난 다른 어떤 것보다 당신이 실망할까 봐 그게 걱정이야. 약속해. 만약 내일 안 된다 해도 집에 일찍 들어와 줘. 난 당신 혼자 슬퍼할 거 생각하면 저절로 몸이 떨려. 죽이 되든 밥이 되든 나랑 같이 해. 그럼 우린 충분히 견뎌낼 수 있어. 알았지?"

드디어 해가 동쪽에서 떠올랐다.

아침 일찍 출근한 박강호는 평소와 다름없이 책상에 서류를 꺼내어놓았지만 일이 손에 잡히지 않아 그저 멍하니 앉아만 있었다.

승진 심사는 오후 2시부터 시작될 예정이었다.

지금쯤이면 심사위원으로 비밀리에 내정된 사람들이 지방에서 올라오고 있을지도 모른다.

시간이 지날수록 가슴이 답답하고 정신이 몽롱해졌으나 박강호는 자리를 뜨지 않았다.

승진 심사가 있는 날이면 회사의 분위기는 비상 체제로 변해서 일은 뒷전으로 밀려난다.

모든 관심이 승진 심사에 몰려 있으니 누구든 일이 제대로 될 리가 없었다.

승진 대상자들은 자기들끼리 모여 앉아 답답한 마음을 진정

시키기 위해 노력하고, 직원들 역시 삼삼오오 모여 누가 될지를 점치며 시간을 죽이는 것이 다반사였다.

휴게실에 앉은 손진식과 윤한수도 그런 사람들 중의 하나였다.

오늘따라 휴게실에는 사람들로 북적이고 있었는데 그들과 같은 마음으로 온 사람이 대부분이었다.

"진식아, 박강호 차장 얼굴 어떠냐?"

"어떻긴 뭐가 어때. 완전 초긴장 상태지."

"초긴장은 무슨, 어차피 안 되는 거잖아. 그냥 후련하게 벗어던지는 게 편할 텐데……"

"사람 마음이 그러냐. 더군다나 박 차장님은 열심히 했어."

"뭘 열심히 했는데?"

윤한수의 질문에 손진식은 선뜻 대답을 하지 못했다.

그러고 보니 박강호가 지금까지 승진을 위해 무슨 노력을 했는지 아는 것이 하나도 없었다.

그저 경조사나 챙기는 것 외에는 전혀 눈에 들어온 게 없으니 윤한수의 질문에 대답이 곤란해졌다.

하지만 윤한수는 당연하다는 표정을 짓고 있었다.

"그 양반은 뛰어야 벼룩이었을 거다. 평소에는 아무리 친한 척해도 결정적인 순간이 되면 임원들은 학연과 지연을 거부하지 못하기 때문이야. 그런 마당에 뭘 할 수 있었겠어."

"그래서 너는 이번에 누가 될 것 같냐?"

"우리 처의 성 차장은 작년에도 아깝게 탈락했으니까 가능성이 커. 다만, 기획실의 문 차장이 문제지. 둘 중에 누가 되느냐는 임원들의 표에서 갈릴 거다. 만약 기획실장이 심사위원에 들어가고 우리 처장이 빠진다면 역전이 될지도 몰라."

"너는 좆도 우리 박 차장님은 생각조차 안 하는구나."

"당연한 거 아니겠어."

"에이, 씨발. 큰일 났네. 그 양반⋯⋯."

누가 심사위원에 포함되느냐에 대해서도 온갖 소문이 난무했다.

심사위원에 따라 대상자들의 생사가 갈리기 때문에 승진 대상자들은 모두 자신과 가까운 임원이 심사위원을 맡기를 학수고대했다.

심사위원은 임원 가운데서 무작위로 선발하기 때문에 누가 될지 사전에 안다는 것은 불가능한 일이었기에 사람들의 긴장감은 훨씬 더했다.

점심시간이 끝나자 사무실 공기는 더욱 무겁게 가라앉았다.

재무처 직원들은 박강호의 얼굴을 흘깃거리기만 할 뿐 섣불리 다가와 말을 붙이지 못했다.

일류 대학 출신들이 바글거리는 천하물산에서 박강호는 비주류 중에서도 완전한 비주류에 속하는 사람이었다.

암암리에 직원들 사이에서 돌아다니는 승진 후보자 중에는 그의 이름이 전혀 들어 있지 않았다.

이 때문에 재무처 직원들은 박강호의 눈치를 더욱 볼 수밖에 없었다.

그의 초조함과 두려움을 그들도 피부로 느끼고 있었던 것이다.

박강호는 직원들의 행동에 신경 쓰지 않고 자리에 앉아 있었다. 그렇게 침묵 속에 30분 정도가 흐른 뒤, 고개를 묻고 있는 그에게 손진식이 다가왔다.

"형님, 심사위원단이 결정되었습니다."

"그래?"

"여기 명단을 보시죠."

손진식이 내민 종이에는 휘갈겨 쓴 이름들이 늘어서 있었다.

여덟 명의 사람.

기획실장을 포함해서 홍보실장, 사업관리처장, 경남본부장등이 적혀 있었으나 박강호가 소속된 재무처장의 이름은 명단에 적혀 있지 않았다.

아쉬움이 담긴 한숨이 입을 비집고 흘러나왔다.

직속상관인 재무처장이 위원단에 포함되지 않았다는 것은 엄청난 마이너스 요인이었기 때문이었다.

그랬기에 명단을 내미는 손진식의 얼굴도 시꺼멓게 죽어 있었다.

그는 재무처장만이 유일한 희망이라 생각했는데 심사위원에서 빠졌으니 박강호의 승진은 완전히 물 건너간 것이라 생각했다.

손진식이 눈치를 보며 어렵게 입을 연 것은 박강호의 표정

역시 자신과 다를 바가 없었기 때문이었다.

"형님, 저녁에 소주나 한잔하시죠."

"괜찮아. 저녁에는 집에 일찍 들어갈 거야."

"그래도……"

"걱정하지 마. 그리고 고마워."

안타까운 시선을 보내는 손진식의 어깨를 박강호가 웃는 얼굴로 두드려 주었다.

이런 동료들이 있으니 하나도 두려울 게 없었다.

아마 다른 사람들도 손진식과 같은 마음일 것이다.

멀리서 자신을 바라보는 동료 직원들의 눈에는 동정을 넘어선 안타까움과 마지막 희망을 믿는 성원이 함께 들어 있었다.

진급에서 탈락하는 한이 있어도 후회하지 않을 자신이 있었다.

최선을 다해 뛰었고 동료들에게 신뢰받을 정도로 괜찮은 직장 생활을 했으니 절대 후회하지 않을 것이다.

어느덧 저녁 6시가 다가오고 있었다. 벌써 심사에 들어간 지 네 시간째였다. 근래에 보기 힘들 정도로 유난히 긴 심사였다.

천하물산은 심사가 완료되면 사장의 결재를 거쳐 바로 사내 방송을 통해 결과를 공개하는 전통이 있었다. 선배들의 말을 들어보면, 사내 방송실 직원의 아리따운 목소리가 마치 비바람을 동반한 천둥소리처럼 들린다고 했다.

승진에 성공한 사람도, 실패한 사람도 자신의 운명을 좌우하는 그 목소리에 비장한 심정으로 귀를 기울이게 된다는 것이다.

사무실 직원들은 모두 자리에서 꼼짝하지 않은 채 결과를 기다리고 있었다. 재무처뿐만 아니라 24개의 본사 실처, 일곱 개의 지역본부, 53개의 지사, 해외에서까지 결과를 간절히 기다리고 있을 것이다.

딩, 동, 댕.

사내 방송의 예령이 울려 퍼진 것은 잔뜩 긴장한 박강호가 더 이상 견디지 못하고 화장실에 다녀올 때였다.

그는 사무실 한복판에 서서 한 발자국도 움직이지 못했다. 갑자기 거대한 올가미가 몸을 꽁꽁 옭아맨 것처럼 손끝 하나 까딱할 수가 없었다.

이번에 승진할 인원은 모두 열둘에 불과했고 대상자는 그 열 배인 120명이었다. 결코 쉬운 싸움이 아니었으나 그는 끝끝내 준비한 백그라운드를 쓰지 않았다.

마지막 1개월 동안 인맥을 모두 동원해서 회사의 최대 주주인 양환국 씨를 백그라운드로 만들었으나 마지막 순간 홍보부장과 상의 끝에 그를 동원하지 않았다.

승진자의 이름이 사내 방송을 통해 하나씩 호명될 때마다 해당 부서의 직원들이 내지르는 환호성으로 천하물산의 건물이 들썩거렸다.

한 명, 한 명의 이름이 흘러나가고 점차 남은 숫자가 줄어들면서 재무처의 분위기는 점점 싸늘하게 식어갔다.

줄어드는 가능성.

그리고 직원들 사이에서 흘러나오는 한숨과 탄식은 재무처를 무덤과도 같은 침묵 속으로 빠뜨려 버렸다.

드디어 열한 번째 이름이 호명되었다.

"재무처, 박, 강, 호!"

쥐 죽은 듯했던 사무실이 술렁대기 시작하더니 곧이어 벼락 같은 환호성이 터져 나왔다.

전혀 기대하지 않고 있던 재무처 직원들은 박강호의 이름이 호명되자 처음에는 믿기지 않는다는 얼굴을 하고 있다가 곧이어 괴성을 지르며 뛰어왔다.

월드컵에서 결승 골을 넣었을 때 선수들이 하나가 되어 뒹구는 것과 비슷한 모습이었다.

박강호는 구름 위에 떠 있는 것처럼 아무런 느낌도 없었다. 정말 내 이름이 맞나 싶었다.

뺨이 축축하게 젖어와 자신도 모르게 손을 들어 얼굴을 만졌다. 어느새 그의 눈에서는 진한 눈물이 새어 나오고 있었다.

직원들은 박강호를 에워싸며 저마다 축하의 말을 전했다. 한꺼번에 수십 명의 고함이 뒤섞여 무슨 소리인지 알아들을 수는 없었으나 그들의 진심은 충분히 전해져 왔다.

한참 동안 그를 둘러싸고 있던 직원들이 각자 자리로 돌아간 후, 김문호가 다가와 박강호의 어깨를 툭툭 치며 손을 내밀었다. 그 손을 박강호는 말없이 꽉 쥐었다. 이번 승진에 있어서 그가 얼마나 열심히 뛰어주었는지 잘 알기에 힘이 잔뜩 들어간 박강호의 손은 부르르 떨렸다.

"박강호, 축하한다."

"감사합니다."

"조금 이따가 처장님 들어오실 거야. 가서 인사하도록 해."

"그러겠습니다."

김문호는 다시 한 번 그의 어깨를 두드린 후 무슨 일이 있는 듯 급히 사무실을 나섰다. 그러자 손진식이 다가와 입을 열었다.

"하하, 형님. 먼저 형수님께 알려 드려야죠."

"그래, 그래야지."

박강호는 그제야 정신을 차린 듯 자리로 돌아가 수화기를 들었다. 신호는 오래가지 않았고 윤선아의 경직된 목소리가 금방 튀어나왔다.

"여보, 나야."

―…어떻게 됐어?

"나, 승진했어."

―정말이야?

"그럼, 지금 막 발표가 났어."

―…….

윤선아는 차마 말을 잇지 못하고 울음을 터뜨렸다.

슬픔으로 인한 것이 아니라 기쁨으로 인한 것이다.

그녀의 기쁨은 박강호가 더 이상 고생하지 않아도 된다는 것과 탈락의 슬픔을 맛보지 않아도 된다는 안도감에서 비롯된 것이었다.

오랜 시간의 기다림이 마침내 끝을 맺은 순간 그녀는 울음을 터뜨리며 말을 잇지 못했다.

윤선아와의 통화를 마친 후 박강호는 천천히 눈을 감았다.

그동안의 일들이 하나둘 떠오르기 시작했다. 기획실장을 만나기 위해 집 앞에서 다섯 시간 동안 추위에 벌벌 떨며 기다렸던 일.

각종 행사를 챙기느라 아내와 아들을 두고 집을 비워야 했던 일.

실망감에 빠져 고주망태가 되도록 술을 마셨던 일들이 머릿속을 어지럽혔다.

다시 하고 싶지 않을 만큼 혼신의 힘을 기울인 힘든 경험이었다.

이 모든 것은 홍보부장이 있었기에 가능한 일이었다. 참 고마운 사람이었다.

요란하게 울리는 전화벨에 수화기를 들자, 홍보부장의 쩌렁쩌렁한 목소리가 들려왔다.

─박강호! 축하한다.

제41장
하늘이 무너지던 날

　박강호는 모든 사람에게 고맙다는 인사를 건넸다.

　동료들과 후배들에게도 그리고 자신을 성원해 주었던 부장들과 재무처장에게도 감사함을 전했다.

　사람들의 반응은 다양했다.

　그저 말없이 고개를 끄덕이는 사람이 있는 반면 축하를 하면서도 의아해하는 사람도 많았다.

　전혀 예상치 못했던 박강호의 승진을 사람들은 불가사의한 일이라 생각하는 것 같았다.

　그런 사람 중의 하나가 재무처장이었다.

　승진 발표 후 처장 방에 인사하러 들어갔을 때 재무처장은 박강호를 바라보며 기가 막힌다는 표정을 지었다.

"박 차장. 앉아라. 커피나 한잔하자."

"예, 처장님."

비서를 시켜 차를 타 오게 한 재무처장은 커피를 한 모금 마신 후 박강호를 향해 쓴웃음을 지었다.

"박강호, 너 도대체 무슨 짓을 한 거냐?"

"무슨 말씀인지 모르겠습니다."

"나는 오늘 본사의 심사위원들뿐만 아니라 지방에서 올라온 사람들까지 전부 만났다. 너를 승진시켜 달라는 부탁을 하기 위해서. 그런데 난 한 마디도 못 했어. 너를 진급시켜 달라는 부탁을 하기 전에 그 사람들이 먼저 널 진급시켜야 한다는 말을 하더라. 도대체 너 그 사람들에게 무슨 짓을 한 거냐!"

"그저 최선을 다했을 뿐입니다."

"그게 이유냐?"

"저는 아무것도 가진 것이 없는 사람입니다. 줄이라고는 처장님밖에 없으니 남들보다 많은 정성을 기울여야 했습니다."

"허어!"

"사실입니다, 처장님."

"무슨 말인지 알겠다. 얼마나 노력했으면 임원들이 전부 그런 말들을 했을까. 그런지도 모르고 난 네 걱정을 하고 있었으니 기가 막혀서 말이 안 나오는구나."

"죄송합니다."

"그런 소리 하려고 꺼낸 이야기가 아니다. 잘했다고 칭찬해 주고 싶어서 한 말이었다."

"제가 승진을 한 것은 모두 처장님의 덕분입니다. 처장님께서 저를 잘 봐주시지 않았다면 저는 이런 영광은 얻지 못했을 겁니다."

"내가 사람을 잘못 봤구나. 이제 보니 아부하는 것도 보통이 아닌데 고지식해서 걱정이란 생각을 했으니 아무래도 내가 사람 보는 눈이 부족한 모양이다."

"아부 아닙니다."

"푸하하… 어쨌든 박강호. 멋지게 해치웠다. 부장 승진 다시 한 번 축하한다."

"감사합니다, 처장님."

휴게실에서 마주한 손진식과 윤한수는 커피를 마시고 있었는데 이제 상황은 정반대가 되어 손진식은 여유 있는 표정을 지었고 윤한수는 똥 씹은 얼굴을 하고 있었다.

정보처의 승진 후보 1위라는 성 차장이 탈락하면서 윤한수는 또다시 1년을 기다려야 되는 처지가 되었기 때문이었다.

"도대체 이게 말이나 돼?"

"뭐가?"

"우리 처의 성 차장뿐만 아니라 기획실의 문 차장까지 승진을 하지 못했어. 전혀 예상치 못했던 박강호 차장은 진급했고."

"그게 어때서?"

"성 차장이나 문 차장은 떨어지면 오히려 이상한 사람들이었는데 물을 먹었단 말이지. 난 정말 이해가 되지 않는다."

윤한수는 거품을 물었다.

자신의 처지도 처지지만 진급 일 순위라는 두 사람이 동시에 물을 먹은 이유가 미치도록 궁금했던 모양이었다.

손진식의 얼굴에서 웃음이 떠오른 건 윤한수가 답답한지 컵에 든 물을 벌컥벌컥 들이마셨을 때였다.

"내가 아까 우리 부장님하고 기획실에 갔는데 기획실장님이 한탄을 하더라. 그 두 사람은 박강호 차장에게 밀린 거래."

"왜 밀렸다는데? 학교가 좋아, 능력이 좋아? 혹시 막강한 줄을 동원한 거냐!"

"처음에는 나도 이해가 안 됐는데, 기획실장님 이야기를 듣고 보니 그럴 만도 하더라."

"답답하게 하지 말고 빨리 말해. 그러니까 왜 밀린 거냐고!"

"기획실장님 말로는 박강호 차장을 진급시킬 수밖에 없었데."

"뭐냐, 기획실장님도 꼼짝 못 하는 줄이라도 있었던 거야?"

"아니야."

"그럼?"

"박강호 차장의 집념이 두 사람을 눌렀다고 하시더군. 얼마나 악착같던지 심지어 기획실장님까지 박강호 차장을 찍었다고 하셨어."

"아니, 데리고 있는 문 차장을 찍지 않고 박강호 차장을 찍었단 말이냐!"

"최종적으로 박강호 차장하고 문 차장이 붙었는데 의견을 나눠보니까 게임조차 되지 않더래. 그래서 이왕이면 만장일치가 좋겠다는 생각을 하셨단다."

"도대체 무슨 소린지 모르겠다. 좀 쉽게 말해봐!"

"그만큼 열심히 했다는 뜻이야. 한번은 집으로 박강호 차장이 찾아왔는데 그 눈을 보니까 도저히 그냥 돌아가라는 말이 나오지 않았다고 하더군. 박 차장은 이번에 진급하지 못하면 꼭 죽을 것처럼 간절해서 차마 거절할 수 없었단다. 기획실장이 그랬으니 다른 사람들은 오죽했겠냐."

"그러니까 네 말은 박 차장이 임원진을 모두 잡았다는 뜻이냐?"

"그래. 심사에 관련된 사람들을 얼마나 철저하게 관리했는지 아무도 박강호 차장이 진급하는 데 이의를 달지 않았대."

"미치겠군."

손진식의 설명을 들은 윤한수가 쓰게 입맛을 다셨다.

막상 이유를 알게 되었지만 믿어지지 않았다.

회사를 오래 다니다 보니 아주 중요한 것에 대해서는 사람들의 말을 쉽게 믿지 못하는 버릇이 생겼다.

직장이란 어릴 적 땅따먹기하던 곳처럼 공터의 놀이터로 생각하면 안 된다.

특히 천하물산은 더더욱 그렇다.

수많은 암계와 음모가 천지 사방에서 휘몰아치는 황야의 세계가 천하물산이다.

누군가의 말을 곧이곧대로 믿고 행동하다가는 어느 돌에 맞아 죽을지 모른다.

확실한 이유와 상식선의 공감이 되지 않는다면 그것은 다른 힘이 작용했다는 것을 의미하기 때문이었다.

박강호는 그날 주말 가족들을 데리고 부모님이 계시는 시골로 내려왔다.

오랜 시간 승진 때문에 집에 내려오지 못했기 때문에 아들의 출세를 알려 드리고 부모님을 기쁘게 해드리기 위해서였다.

가족이 모두 나란히 절을 하자 아버지와 어머님께서는 푸근한 미소로 대견하게 박강호를 바라보았다.

특히 아버지는 집으로 들어온 후부터 시선을 떼지 않고 계셨는데 박강호가 절을 하고 자리에 앉자 불쑥 다가와 박강호의 어깨를 끌어안았다.

"수고했다. 우리 아들이 이제 부장님이 되었구나."

"아버지, 자주 찾아뵙지 못해서 죄송합니다. 이제 중요한 일이 끝났으니 종종 찾아뵐게요."

"그래, 그러렴."

평소에 말이 없던 아버지는 지금 이 순간 진심으로 기쁨을 숨기지 못하셨다.

아버지의 웃음은 언제나 조금의 어색함이 담겨 있었지만 지금은 그런 것이 전혀 없었다.

그것은 어머니도 마찬가지였다.

"강호야, 우리 아들 최고다. 그리고 어미도 수고 많았어."

"저는 집만 지켰는걸요."

"가정을 편하게 해주는 게 얼마나 중요한 건데 그래. 네가 남편을 편안하게 해줬으니까 이렇게 좋은 일이 생긴 거다."

"그렇게 생각해 주시니 고마워요, 어머니."

어머니의 칭찬에 윤선아는 살짝 얼굴을 붉혔다.

공치사를 받았다는 생각보다 자신을 어여쁘게 봐주시는 시어머니의 마음이 아름답게 느껴졌기 때문이었다.

밥을 먹으면서 부모님을 비롯해 큰형 부부에게 박강호는 승진을 위해 노력했던 일들을 말하며 너무 힘들었다는 사실을 고백했다.

가족이란 그렇다.

직장뿐만 아니라 친구 누구에게도 말했지 못했던 일들을 박강호는 하나하나씩 꺼내어 가족들 앞에서 늘어놓을 수 있었다.

부모님을 비롯해서 큰형 부부는 박강호의 이야기를 들으며 거듭 탄식을 터뜨렸다.

이해할 수 없을 만큼의 고통.

지금은 은퇴를 하신 아버지는 대그룹에 다니는 직장인들의 전쟁을 들으면서 한숨을 연신 흘려냈다.

그것은 전쟁이 맞았다.

그냥 살아가는 것이 아니라 생존을 위해 죽지 않으려 발악하는 야수들의 세계.

그런 야수들의 세계에서 나의 아들은 끝끝내 모든 관문을 뚫어내고 부장으로 승진했다.

대견하고 자랑스러웠다.

사돈의 팔촌을 모두 합해서 대학을 간 것은 막내아들 박강호가 유일했고 그 아들은 국내 최고라는 천하물산에 들어간 것도 모자라 부장이란 승진을 거머쥐었다.

박강호가 인생에서 목표를 하나씩 이뤄가는 것을 보며 말로 표현하지 않았지만 언제나 기꺼웠고 고마웠다.

그리고 오늘.

아들이 부장이 되었다는 소식을 들었으니 이젠 정말 죽어도 여한이 없을 만큼 기뻤다.

아버지가 이상하다는 것을 안 것은 식사까지 마치고 커피를 마실 때였다.

계속되는 트림.

아버지는 식사를 하는 중간중간 트림을 계속하셨는데 그것은 식사를 끝낸 후에도 멈추지 않았다.

얼굴색도 이상했다.

예전에도 얼굴색이 좋았던 것은 아니었지만 오늘따라 아버지의 얼굴은 허옇게 질려 보였다.

그랬기에 박강호는 슬며시 방에서 빠져나와 담배를 피우고 있는 큰형에게 다가갔다.

"형님, 아버지가 몸이 안 좋으신 것 같습니다."

"네 눈에도 그렇게 보이지?"

"그럼요. 병원에는 모시고 가보셨어요?"

"안 가시겠대. 알잖아, 병원 가는 걸 죽기보다 싫어하시는 거."

"그래도 이상해요. 그러니까 병원에 모시고 가는 게 좋을 것 같아요."

"그래야지. 노인네 고집이 쇠심줄 같으셔서 순순히 가실는지 모르겠다."

"형님, 이건 아버지, 어머니 용돈 드리려고 가져온 건데 이걸로 병원비 하세요."

"괜찮아……. 돈은 나한테도 있어."

"제 말대로 하세요. 그리고 부족하면 더 부쳐 드릴게요."

"고맙다, 강호야. 매번 너한테 신세를 지는구나."

큰형의 얼굴이 어두워졌다.

무슨 일이 생길 때마다 막냇동생에게 손을 벌리는 자신의 처지가 부끄러웠기 때문인 것 같았다.

하지만 박강호는 오히려 큰형을 향해 미안한 표정을 지었다.

아버지가 일을 그만두신 후 큰형은 부모님을 포함해서 여섯 식구를 혼자 건사하고 있었다.

큰형이 중기 자격증을 가져 회사에 다니기는 했지만 혼자서 살림을 감당해 나가는 것은 정말 어려운 일이었다.

때문에 박강호는 가족을 충분히 돕지 못한 것에 언제나 미안한 마음을 가질 수밖에 없었다.

사는 게 뭔지.

우리나라에서 월급이 제일 많다는 천하물산에 다녔지만 은행 대출 원리금과 애들 교육비를 제하고 나면 남는 것이 별로 없어 부모님의 용돈을 정기적으로 드리기조차 어려웠다.

하지만 이젠 다르다.

차장에서 부장은 직급상으로 한 단계밖에 차이가 나지 않지만 부서장이란 직책을 맡기 때문에 월급은 오십 프로 이상 오를 것이다.

지금부터는 그동안 고생만 해오셨던 부모님이 행복하게 보내실 수 있도록 최선을 다할 생각이었다.

천하물산 사장 문찬호는 승진 인사의 결과를 받아보고 묘한 표정을 짓고 말았다.

전혀 예상치 못했던 박강호가 당당히 명단에 올라 있었기 때문이었다.

유태희와의 관계를 알고 있었기 때문에 관심을 가지고 있었지만 박강호가 승진 명단에 포함될 줄은 정말 상상조차 하지 못했다.

물론 자신이 손을 댔다면 당연히 승진이 되었을 테지만 유태희의 지시를 받은 후 아예 손을 떼었기 때문에 당연히 박강호는 승진에서 탈락할 것이라 생각했다.

천하물산의 뿌리 깊은 학연에 대해서 너무나 잘 알기 때문이었다.

그 스스로도 그런 학연에 기대어 어린 시절 승진을 거듭해왔고 성공 가도를 달린 후에는 자신 역시 후배들을 위해서 아낌없이 힘을 썼다.

그런 마당이었으니 아무 줄도 없는 놈이 천하물산에서 부장으로 오른다는 건 정말 힘든 일이었다.

기획실장을 사장 방으로 불러들였던 건 그런 이유 때문이었다.

무엇 때문에 박강호가 승진했는지 알아야 대처가 가능했다.

문찬호는 승진 명단이 적힌 서류를 왼손에 든 채 오른손으로 책상을 가볍게 두드리며 생각에 잠겼다.

유태희가 승진을 시켜달라는 부탁을 했다면 오히려 쉽다.

그런데, 손도 대지 않았는데 박강호가 덜컥 진급을 하게 되자 자신의 처신이 어렵게 변하고 말았다.

나중에라도 유태희가 다른 누군가의 입을 통해 승진 사실을 알게 되면 자신이 부탁을 저버리고 일방적으로 진급을 시켰다는 오해를 살 수도 있었다.

그건 보스에 대한 최악의 행동이나 다름없는 것이었다.

하지 말라고 했다면 하지 않아야 된다.

어렸을 때는 상사의 말에 진의 여부를 가려 행동했지만 사장이란 직책까지 오르고는 오너 일가의 손이 무얼 가리키는지 애써 해석하지 않았다.

임의대로 해석하는 순간 그것이 장차 엄청난 마이너스가 되어 돌아온다는 것을 그동안 추풍낙엽처럼 쓰러져 간 선배들을 통해 경험해 왔다.

그랬기에 문찬호는 책상을 두드리던 손가락을 멈추고 천천히 자신의 휴대폰을 꺼내 들었다.

이런 건 오해를 받기 전에 해결하는 것이 중요했다.

"사장님, 말씀드릴 것이 있어서 전화드렸습니다."

─문 사장님이 아침부터 무슨 일이시죠?

경직된 목소리가 들려오자 문찬호의 표정이 슬쩍 변했다.

유태희의 목소리는 어딘가 약간의 불쾌감이 담겨 있는 것 같았기 때문이었다.

속으로 별별 생각이 다 떠올랐지만 문찬호는 슬그머니 입술을 깨문 후 특유의 부드러운 음성으로 말을 이어나갔다.

"아무래도 이 사실을 알려 드려야 될 것 같아서요. 박강호 차장에 관한 일입니다."

─그 사람이 왜요?

슬쩍 긴장했던 문찬호의 표정이 슬그머니 풀렸다.

박강호란 말에 목소리의 톤이 높이 올라갔다는 것은 불쾌감이 담겼던 그녀의 목소리가 자신 때문이 아니었음을 알려주는 것이기 때문이었다.

"박강호 차장이 이번 인사에서 부장으로 승진했습니다."

─뭐라고요? 그거… 정말인가요?

"예, 그렇습니다."

─혹시 사장님이 제 말을 오해하시고…….

유태희의 목소리가 조금 내려가자 문찬호가 급하게 변명을 했다.

"그럴 리가 있겠습니까. 저는 손끝 하나 까딱하지 않았습니다."

─그렇다면 정말 이상한 일이네요. 혹시 왜 승진했는지 아시나요?

"제가 기획실장을 불러 물어보니까 무조건 승진할 수밖에 없었다고 말하더군요. 심사위원들 거의 전부가 박강호 차장 편을 들어서 거의 만장일치로 승진이 결정되었답니다."

─이유는요?

"감동이죠. 심사위원들이 그를 거부하지 못할 정도로 철저하게 관리했다는 뜻이 되겠군요. 사장님께서 짐작하지 못하실 만큼 그 친구는 최선을 다했던 모양입니다. 천하물산에 뿌리 깊게 박혀 있는 학연을 깰 정도로요."

─…충분히 그러고도 남을 사람이죠.

"어쨌든 사장님께서 저한테 한 말씀도 있고 해서 이렇게 전화드렸습니다."

─고마워요.

"혹시 무슨 다른 하실 말씀이라도……?"

─부장으로 승진하면 아직도 지방으로 내려보내나요?

"보통은 2년 정도 내려가죠. 상황에 따라서 아예 올라오지 못하는 경우도 있고요."

─그렇다면 사장님, 부탁 하나 할게요.

"말씀하십시오."

─박강호 씨는 그냥 본사에 남겨주셨으면 좋겠어요.

"그런 경우는……."

─그러니까 부탁하는 거죠. 제가 그 사람과 할 일이 있어서 그래요.

박강호는 부서 직원들과 함께 맥줏집에 모였다.

이제 이틀 후면 발령이 나기 때문에 미리 승진턱을 쏘기 위함이었다.

자리를 같이한 것은 그와 3년을 같이 지내며 한 몸같이 움직였던 강 과장과 홍 과장, 원 대리 등 재무 1팀의 직원 9명이었는데 특별히 옵서버로 손진식이 참석했다.

재무 1팀에는 여직원들도 두 명 있었는데 입사 3년 차인 주인선과 조빛나 대리였다.

저녁을 먹고 맥줏집에서 2차를 하는 그들의 얼굴에는 웃음꽃이 가득 피어 있었다.

존경하는 상사이자 친구 같았던 박강호의 승진을 그들은 자신의 일처럼 진심으로 기뻐했다.

특히 강 과장과 원 대리는 모두 S대 출신이면서도 박강호를 친형처럼 따른 사람들이었는데 박강호가 막상 떠난다고 생각하자 기쁨 속에서도 아쉬움을 숨기지 못했다.

"박 차장님, 아니, 부장님. 혹시 어디로 가시는지 아십니까?"

"그건 모르지. 이제 막 진급했으니 회사에서 발령 내는 곳으로 가야 되지 않겠어?"

"웬만하면 멀리 가지 않으셨으면 좋겠습니다. 너무 멀리 가시면 볼 수가 없잖아요."

"맞아요. 난 우리 부장님 보는 재미로 출근했는데 이제 어떡해요. 큰일 났네요."

강 과장의 말에 조빛나가 맞장구를 치며 묘한 눈으로 박강호를 쳐다보았다.

아직 이십 대 후반인 조빛나는 신입 사원 시절부터 같이 근무했는데 회식을 할 때마다 자신의 이상형은 박강호 같은 사람이라며 호감을 숨기지 않았다.

그녀의 어이없는 고백에 직원들은 유쾌한 웃음으로 화답하곤 했다.

상사의 기분을 맞춰주기 위한 애교 섞인 아부라고 생각했기 때문이었다.

지금도 마찬가지였다.

그녀의 말에 직원들은 모두 함박웃음을 지으며 한 마디씩 거들었다.

"조 대리만 그런 게 아니야. 난 우리 부장님 가시면 술 사줄 사람이 없어서 걱정이다. 매번 술값은 부장님이 계산하셨거든."

"원 대리님은 어떻게 그걸 여자의 순정하고 비교하세요. 술과 그리움을 같은 가격으로 말하면 정말 곤란해요."

역시 센스가 있다.

조빛나는 원 대리의 말에 토를 달면서 박강호를 향해 배시시 미소를 지었는데 마치 연인에게 애교를 부리는 것처럼 보였다.

손진식이 맥주잔을 들면서 입을 연 것은 박강호가 그녀의 미소에 반응하며 쓴웃음을 지을 때였다.

"여러분, 박 부장님이 떠나니까 이젠 나에게 잘 보여야 합니다. 부장님이 가시면 내가 1팀장으로 간다는 거 아시죠?"

"네. 그럼요. 손 차장님이 지금부터 우리의 대빵이십니다."

손진식의 말에 팀원들이 모두 이구동성으로 소리를 쳤다.

하긴 맞는 말이다.

박강호가 재무처를 떠나면 2팀장인 손진식이 부장 승진을 위해 주무팀으로 이동하기 때문에 이틀 후부터는 그들의 직속 상관이 되는 것이다.

그랬기에 손 차장의 말은 금방 씨가 먹혔다.

그러면서도 즐거움이 가득 찬 얼굴이었다.

박강호와 둘도 없이 친하게 지내던 손진식은 무난한 성품을 지녀 직원들에게 꽤나 인기가 있었기 때문이었다.

"그래서 하는 말인데요, 저는 이 자리에서 한 가지 제안을 하려고 합니다."

"그게 뭐죠?"

"모임을 갖는 겁니다. 우리 박 부장님이 지방에 내려가서도 주기적으로 만날 수 있도록 여기 있는 사람들끼리 모임을 갖는 거죠. 어떻습니까?"

"좋아요."

손진식의 제안에 팀원들이 전부 쌍수를 들고 환영의 뜻을 내보였다.

물론 직장인들은 대부분 모임을 갖는 이유가 있다.

잘나가는 상사를 주기적으로 본다는 것은 자신들에게 많은 이익을 가져다주기 때문이다.

하지만 여기 있는 사람들은 있는 그대로 박강호와 헤어지는 걸 진심으로 섭섭하게 여겼다.

이틀 후 회사 인트라넷으로 발령이 뜨자 재무처의 직원들은 다시 한 번 놀라움을 숨기지 못했다.

박강호의 새로운 보직이 지방이 아니라 본사 영업처의 국제 영업부장이었기 때문이었다.

이런 경우는 최근 10여 년간 처음 있는 일이라 직원들은 어안이 벙벙한 얼굴로 박강호를 바라보았다.

하지만 그것은 박강호가 더했다.

부장으로 승진하면 무조건 지방으로 내려가는 것이 천하물산의 인사 시스템이었다.

전혀 예상하지 못했고 있을 수도 없는 일이었다.

자신처럼 아무런 연고가 없는 사람이 승진한 것도 하늘이 도왔기에 가능한 것이었는데 승진하자마자 본사에서 핵심 요직으로 손꼽히는 국제영업부장 자리를 차지했으니 직원들이 수군거리는 게 충분히 이해가 갔다.

아마 직원들은 이번 발령을 보면서 그가 승진한 이유가 보이지 않는 손에 의한 것이란 의심을 더욱 키워 나갈 게 분명했다.

재무처장이 발령이 나자마자 박강호를 콜한 것도 그런 이유 때문이었다.

그는 자리에 앉아 있다가 박강호가 들어서자 입술을 굳게 깨물었는데 뭔가 불만이 잔뜩 섞여 있는 얼굴이었다.

"어이, 박 부장. 자네 정말 나한테 이럴 거야?"

"처장님, 무슨 말씀이십니까?"

"나는 자네한테 최선을 다했어. 그런데 나를 이렇게 바보로 만드는 이유가 뭔가?"

"인사 발령 때문에 그러시는 거군요."

"자네 말을 곧이곧대로 믿었네. 그리고 열심히 했다는 것도 지켜봤으니 그러려니 했어. 하지만 이젠 믿지 못하겠군."

재무처장의 눈은 박강호를 향해 있지 않았다.

믿었던 사람에게 속았다는 감정은 시선을 마주하기도 싫다는 것을 직접적으로 드러내고 있었다.

그랬기에 박강호의 목소리가 더욱 가라앉았다.

"처장님, 저는 처장님께서 재무처로 오신 2년 동안 단 한 번도 처장님을 속인 적이 없었습니다. 사내는 진심으로 대하지 않는 순간 남자로서의 자격을 박탈당한다고 생각했기 때문입니다. 뭔가를 속이는 사람은 믿음을 주는 사람의 눈을 똑바로 바라보지 못하는 법입니다. 제 눈을 봐주십시오. 저는 처장님을 속이지 않았습니다. 이번 발령은 저도 전혀 영문을 모르는 일입니다."

"정말인가?"

"저보다는 처장님께서 이번 인사 발령의 속뜻을 알아봐 주시는 게 좋겠습니다. 부탁드립니다."

어느새 자신을 바라보는 재무처장을 향해 박강호가 고개를 숙였다.

본사에서 근무를 하면 가족들과 헤어지지 않는다.

더군다나 최고의 핵심 부서에 배치되었기 때문에 회사 내에서의 위상도 더할 나위 없이 강화될 것이다.

하지만 모셨던 분에게 의심을 받는다면 모든 것이 부질없는 일이었다.

박강호의 눈이 틀려진 건 재무처장이 아무런 말 없이 그를 쏘아보고 있을 때였다.

"처장님께서 생각하신 것처럼 뒤에 뭔가 다른 이유가 있다면 저는 자원해서라도 지역본부로 내려가겠습니다. 그러니 저를 믿어주십시오."

재무처장이 사장의 호출을 받은 것은 박강호가 사무실을 나가고 불과 30분이 지나지 않아서였다.

사장이 처장급을 부르는 경우는 그리 많지 않았다.

매주 열리는 임원 회의는 전무급인 본부장들이 대상이었기 때문에 처장들은 부서의 특별한 보고 사안이 있을 때만 사장을 만나는 것이 전부였다.

25년이 넘는 회사 생활의 경험과 직감은 사장의 호출이 이번 인사 발령과 관계가 있을 거란 판단을 만들어냈다.

수첩을 챙기고 사장실이 있는 38층으로 올라가자 비서실장이 들어가 보라는 눈짓을 보내왔다.

비서실장은 재무처장과 동기로서 같은 상무급이었다.

그랬기에 그는 슬쩍 비서실장의 소매를 끌어당겼다.

"무슨 일인지는 알고 들어가자. 뭐야?"

"나도 잘 모르겠어. 일단 들어가 봐."

"정말 몰라?"

"그렇다니까. 갑자기 콜하신 거야."

"김 실장, 네가 정보 안 줘서 내가 박살 나면 제수씨한테 청라에서 여자랑 외박한 것 꼰지른다. 그래도 말 안 할 거야?"

"그걸 협박이라고 하냐. 정말 몰라. 그리고 나만 잤냐. 너는 안 잤고?"

"정말인 모양이네."

재무처장은 비서실장이 주먹을 들자 입맛을 다시며 굳게 닫혀 있는 사장 집무실로 걸어갔다.

오동나무로 만들어진 문은 언제나 볼 때마다 위압감을 준다.

노크를 하고 들어서자 소파에 앉아 있던 문찬호가 손짓으로 자리에 앉으라는 시늉을 했다.

그는 재무처장이 앉았어도 비서를 부르지 않았다.

그 말은 차를 마실 정도로 길게 이야기할 생각이 없다는 것을 알려주는 것이었다.

"양 처장, 이번 인사 발령 봤지?"

"예, 사장님."

"직원들이 뭐라 안 해?"

"예상치 못했던 발령이라서 직원들이 의아해하고 있습니다."

"박강호가 오해를 받았겠군."

"솔직히 말씀드린다면 그런 면이 있습니다. 특혜가 아니냐는 불만도 부장급 사이에서는 나오는 실정입니다."

"그래서 불렀어. 박강호 부장은 내가 직접 국제영업부장 자리에 앉힌 거니까 직원들이 물으면 그렇게 대답해."

"사장님, 이유를 물어봐도 되겠습니까?"

"올 초에 시행한 워크숍에서 박강호 부장이 발표한 외환 위기 발생 시의 대처 방안은 지금 전 그룹의 사장단에게 이메일로 날아간 상태야. 회장님께서는 내가 그 보고서를 요약해서 말씀드리자 천하그룹의 외환 전략을 그대로 시행하라는 지시를 내리셨네."

"그게 언젭니까?"

"바로 저번 주였어. 전략을 마련한 직원에게 포상금을 내리라고 특별 오더까지 주셨단 말일세. 그래서 박강호를 국제영업부장에 앉힌 거야. 이제 알겠나?"

"알겠습니다."

"자네에게 이 사실을 말한 건 일을 잘하는 사람은 회사의 룰과 상관없이 좋은 보직에서 일을 하게 된다는 것을 직원들에게 알려주고 싶었기 때문이야. 양 처장이 박강호의 상사였으니 직원들이 동요하지 않도록 조치해!"

박강호는 13층의 영업처로 자리를 옮겼다.

국제영업부는 5개 팀에 직원 수만 해도 무려 70여 명에 달했는데 재무처나 기획실과는 숫자 면에서도 배는 넘는 규모였다.

천하물산 회사 운영의 커다란 밑그림은 대부분 기획실에서 나오지만 실제적인 전략과 매출은 영업처에서 이루어지기 때문에 가장 중요한 부서를 꼽으라면 언제나 영업처는 손가락에 꼽혔다.

박강호가 발령을 받은 날 영업처장 황상호는 푸근한 얼굴로 환영의 인사를 해주었다.

　부처님 같은 얼굴을 가진 그는 50대 중반의 몸집이 좋은 사람이었는데 K대의 동문회장을 맡고 있는 사람이었다.

　그는 외모만 봐서 판단하면 안 된다는 것을 가장 잘 알려주는 임원이기도 했다.

　외모는 친근감을 느끼도록 만들었지만 그의 성격은 누구보다 단호했고 승부욕도 강한 사람이었다.

　정신없이 바쁜 날들이 흘러갔다.

　영업처장과 부장단에서 만들어준 환영회를 비롯해서 국제영업부의 팀장들과의 회식이 이어졌고 팀별로 팀원들과의 상견례도 날짜에 맞춰서 계속되었다.

　박강호의 체력은 대단했지만 연일 술자리가 계속되자 피곤함을 느낄 수밖에 없었다.

　더군다나 새로운 업무를 맡다 보니 국제영업부가 돌아가는 시스템부터 주요 사업에 관한 것들과 기획안까지 살펴보느라 잠시도 쉴 틈이 없었다.

　윤선아는 그런 그를 보고 잔소리를 해대기 시작했다.

　"승진했다고 좋아해 줬더니 이게 뭐야. 내가 하숙집 아줌마라고 생각하는 거지?"

　"당신도 알잖아. 나도 요새 힘들어 죽을 판이야."

　"알긴 뭘 알아요. 난 회사 그만둔 지 10년도 넘었거든요!"

　오랜만에 쉬는 일요일에 박강호가 침대에서 누워 나올 생각을 안 하자 윤선아는 입을 내밀고 청소기를 돌리며 소리를 쳤다.

그만 자고 일어나라는 시위였다.

생각 같아서는 더 자고 싶었지만 박강호는 꾸물거리며 침대에서 일어날 수밖에 없었다.

여기서 더 반항했다가는 오래 사는 데 지장이 있을 것 같았기 때문이었다.

큰아들은 중학교에 올라가더니 아예 같이 다닐 생각을 하지 않았고 둘째 놈도 친구들과 놀러 간다며 새벽부터 집을 나갔기 때문에 집에는 둘밖에 없었다.

예전 같으면 이런 절호의 기회를 놓치지 않았겠지만 나이가 들자 눈이 마주쳐도 그런가 보다 하게 된다.

원래 마흔이 훌쩍 넘으면 사랑하는 것이 여러 방해물에 부딪치게 되는데 젊었을 때는 아주 사소했던 이유들이 나이가 들면서 아주 커다란 이유가 돼버린다.

박강호의 시도도 그런 이유에 의해 무산되어 버렸다.

윤선아가 이런 분위기에 무슨 짓이냐며 퇴짜를 놓기 때문이었다.

그녀는 금방 일어나 부스스한 박강호가 손을 잡아오자 기겁을 하면서 청소기를 들어 막았다.

결국 늦은 아침을 먹고 박강호는 윤선아의 손에 이끌려 대형 마트로 차를 몰았다.

가장 단순하게 마누라한테 점수를 딸 수 있는 방법이 원천 봉쇄되었으니 이제는 하자는 대로 해야 일주일이 편할 수 있었다.

주머니에 넣어둔 핸드폰이 비명처럼 운 것은 윤선아가 쌀을 사기 위해 점원을 부를 때였다.

전화에 찍혀 있는 발신 번호는 큰누나의 것이었다.

—강호야……. 흑흑.

"누나, 무슨 일이냐. 왜 울어!"

—아버지가… 아버지가…….

"아버지가 왜?"

—아버지가 위암 말기래. 강호야, 어쩌면 좋으니…….

"그게… 도대체 무슨 소리야!"

—빨리 와봐. 아버지가 많이 아프서.

어떻게 전화를 끊었는지 모르겠다.

머릿속이 하얗게 비었고 다리의 힘이 풀려서 그대로 땅바닥에 주저앉아 버렸다.

그리고 원하지 않은 눈물이 흘러내리기 시작했다.

아… 아버지… 아버지!

병원에서 본 아버지의 모습은 초췌하게 변해 있었다.

이상하다고 생각했을 때 바로 병원에 갔었다면 어땠을까 하는 후회는 의사가 보여준 내시경 영상을 본 순간 미칠 듯한 괴로움으로 바뀌었다.

시퍼런 암 덩어리가 아버지의 위를 반 이상 장악해서 한눈에 봐도 회생이 어려울 정도로 퍼진 상태였다.

병이 오랫동안 진행되어 왔다는 뜻이다.

의사는 수술하지 않는 것이 좋겠다는 진료 소견을 내놓은
상태였다.

그의 말에 따르면 종양이 너무 많이 퍼져 수술을 해도 성공
할 가능성이 매우 낮다는 것이었다.

괜한 수술로 고통을 받는 것보다 차라리 여생을 편하게 보
내도록 하라는 권유를 의사는 너무 쉽게 말했다.

따지고 싶었다.

어떻게든 아버지를 살리고 싶어 하는 마음이 가족들의 아픔
을 전혀 생각하지 않고 기계적으로 말하는 의사를 향해 강한
거부감을 만들어냈다.

하지만 형과 누나들은 의사를 향해 적의를 나타내는 박강호
를 만류하며 눈물을 지었다.

가족들은 아버지의 병이 의사로 인한 것이 아니라며 스스로
를 자책하기 바빴다.

박강호가 내려갔을 때 큰형을 비롯해서 누나들은 이미 반쯤
포기한 상태에서 넋을 놓고 있었다.

오직 어머니만이 아버지의 곁을 지키며 평소처럼 수발을 들
고 계셨다.

"아버지……."

자신도 모르게 말이 떨려 나왔다.

그리고 초췌하게 변한 채 병상에 누워 있는 아버지의 모습에
저절로 눈물이 샘솟듯 흘러나왔다.

병실로 들어서는 순간 겨우 눈을 뜨고 있던 아버지는 누워

있던 몸을 일으키려 애를 썼다.

"우리 장한 아들, 강호가 왔구나."

힘이 없다.

아버지는 손을 내밀어 박강호의 손을 잡으며 웃으려 애썼으나 고통으로 인해선지 그 웃음이 우는 것처럼 보였다.

그 모습에 가슴이 메어왔다.

"아버지, 금방 일어나실 거예요. 조금만 참으시면 퇴원할 수 있을 겁니다."

애써 거짓말을 했다.

아직 아버지는 당신이 치명적인 위암에 걸려 얼마 사시지 못한다는 것을 알고 있지 못했다.

가족들은 물론이고 의사마저 병명을 이야기해 주지 않았기 때문이었다.

중병에 걸린 사람은 자신의 병을 아는 순간 급격히 기력이 쇠퇴되며 일찍 세상을 떠난다는 사실을 알기에 모든 사람이 거짓말로 아버지를 속이고 있었다.

가슴이 찢어지듯 아파왔으나 박강호 역시 그런 속임수에 동참할 수밖에 없었다.

아버지가 내민 손은 마치 수수깡을 잡은 것처럼 가늘었고 힘이 들어 있지 않았다.

"강호야, 울지 마라. 의사가 그러는데 뭘 잘못 먹었는지 체했다고 하더라. 별것 아니니까 걱정하지 마."

"예, 그럼요. 저도 그렇게 들었어요. 그러니까 아버지, 병원에서 주는 밥 잘 드시고 의사가 처방해 주는 대로 약도 잘 드세요. 그럼 금방 나으실 거예요."

"그래, 그러마."

어머니는 서울로 올라가는 박강호를 그저 서글픈 웃음으로 배웅했다.

평생을 같이 살아온 아버지를 잃어버리는 순간이 다가온다는 걸 알고 계셨으면서도 어머니는 의연함을 잃지 않고 계셨다.

"어머니, 다음 주에 내려올게요."

"그럴 필요 없다. 바쁜 사람이 뭐하러 자꾸 내려와."

"가시기 전에 자주 뵈어야죠."

"네 아버지 금방 안 죽는다. 평생을 잡초처럼 살아온 양반이야. 그런 사람이 쉽게 돌아가시겠냐. 그럴 일은 절대 없을 게다."

"슬프지 않으세요?"

"슬프긴 뭐가 슬퍼. 늙으면 죽는 게 세상 이친데 그걸 어떻게 뒤집어. 사람 사는 게 다 그런 거여."

의연하게 아들을 대하는 그 태도가 오히려 더욱 슬퍼 보였다. 그랬기에 더욱 아팠다.

어머니는 아무렇지 않은 듯 말을 하고 계셨지만 그 마음속에 들어 있는 슬픔이 절절하게 느껴져 박강호는 더 이상 말을 하지 못했다.

아버지가 병원에서 퇴원해 집으로 돌아오신 것은 그로부터 3주가 지난 후였다.

아마, 당신께서는 자신의 병세가 의사의 말처럼 체한 것이 아니란 걸 느낌으로 알고 계셨던 것 같았다.

"그만 집에 가고 싶어. 병원이 너무 지겨워."

"안 돼요."

"여보, 나 집에 데려다줘. 우리 집 아랫목에 누워 잠이 들고 싶어."

매일처럼 어머니를 보챘다고 하셨다.

아무것도 드시지 못하고 수액 주사로 생명을 연명하시던 아버지는 마지막을 집에서 머물다가 가시기를 원했다.

의사 역시 마지막을 기다리는 입장이었기 때문에 아버지의 퇴원을 두말없이 승인했다고 한다.

아버지가 위독하다는 소식을 들은 것은 집으로 오신 지 5일이 지난 후였다.

일요일에 뵙고 올라올 때도 상태가 안 좋으셨는데 상태가 급격히 더 악화된 모양이었다.

회사에 있다가 급하게 윤선아를 데리고 차를 몰아 집으로 갔다.

파란 대문.

뛰듯 방문을 박차고 들어서자 이미 모든 가족이 모여 아버지의 마지막을 준비하고 있는 것이 보였다.

"…아버지."

"헉헉, 강호 왔구나."

기다리고 계셨던 걸까.

아버지의 하얗게 질려 있던 얼굴에서 처연한 미소가 피어올랐다.

"널 보게 돼서 정말 다행이다. 오느라 힘들었지?"

급하게 다가가 손을 잡자 아버지의 손에서 힘이 느껴졌다.

"아닙니다, 아버지."

목소리가 떨려 나왔다.

아버지의 희미해진 눈망울이 가슴에 비수처럼 박혀들었다.

"강호야, 너 돈 좀 있냐?"

"있습니다. 왜 그러세요."

"나가서 막걸리나 한 병 사 와라. 오늘따라 그게 먹고 싶어."

"예, 잠깐만 기다리세요. 곧 사 올게요."

안 된다는 말은 전혀 생각하지 않았다.

본능적으로 알 수 있었다.

이것이 아버지께서 드실 수 있는 마지막 음식이라는 것을.

어릴 때 자주 하던 심부름이었다.

아버지께서는 막걸리를 좋아해서 매일같이 박강호는 동네 가게로 막걸리를 사러 다녔다.

분명 아버지는 그때의 추억을 되새기며 마지막 가는 길에 한 잔 술로 당신의 인생을 정리하고 싶어 하는 것 같았다.

방문을 박차고 나가 미친 듯 뛰어나갔다.

그리고 이백여 미터 떨어진 슈퍼를 향해 달려가 막걸리를 산 후 집으로 돌아왔다.

얼마나 전력으로 뛰었는지 숨이 턱까지 차올랐으나 박강호는 부엌에서 잔을 가지고 와 아버지의 곁으로 다가왔다.

그가 막걸리를 잔에 따르는 것을 지켜보며 큰형과 누나들이 울음을 터뜨렸다.

박강호가 천천히 아버지의 허깨비 같은 몸을 일으킨 후 막걸리가 담긴 잔을 입에 대어주자 아버지는 마치 갓난아이가 젖을 빨듯 그것을 입안으로 삼키셨다.

오랫동안 음식을 드시지 못했기 때문에 몸에서 거부반응이 있었을 텐데도 아버지는 반쯤 채워진 막걸리를 모두 드신 후 천천히 자리에 누웠다.

박강호의 얼굴은 이미 눈물로 범벅이 되어 있었다.

아버지를 품에 안고 그토록 좋아하던 술을 드시게 했다는 사실이 왠지 그의 억장을 무너지게 만들었다.

그 옛날 아버지께서는 갓난아기였던 자신을 이렇게 안아주셨을 것이다.

막걸리를 드신 후 아버지의 호흡은 급격하게 거칠어지기 시작했다.

그럼에도 아버지는 연신 눈물을 흘리고 있는 자식들을 향해 떠듬떠듬 마지막 말을 남겼다.

"너무 슬퍼하지 마라. 너희들이 있어서 행복했고 즐거운 삶이었다. 너희 어머니를 부탁한다……."

"아버지, 그러지 마세요. 아직… 아직 가시면 안 돼요."

"…여보."

"말해요."

"그동안 나랑 살아줘서 고마웠어. 먼저 가 있을 테니 천천히 와."

"그러지요. 나도 곧 따라갈 테니 내 걱정 마시고 먼저 가서 푹 쉬고 있어요. 당신 정말 수고했어요."

"그래……."

아버지의 눈이 천천히 감겼다.

그런 후 더 이상 눈을 뜨지 않으셨다.

아버지의 죽음은 그렇게 거짓말처럼 한순간에 찾아왔다.

아버지의 시신을 붙잡고 오열하는 형제들 틈에 섞여 박강호는 짐승 같은 신음 소리를 지르며 눈물을 흘렸다.

그는 6남매의 막내로 태어나 아버지의 사랑을 독차지하며 살아왔다.

아버지는 언제나 그의 편이었다.

고등학교 시절 나쁜 짓을 일삼았을 때도 아버지는 그저 푸근한 웃음으로 막내아들이 정신 차리기를 기다려 주셨다.

지금도 대학 입학 때 집을 저당 잡힌 돈을 내밀던 아버지의 모습이 생생하게 떠오른다.

오직 하나의 믿음으로, 오직 하나의 사랑으로 아버지는 막내아들을 향해 돈 봉투를 내미시며 어색한 웃음을 짓기만 하셨다.

좋은 대학을 나와 좋은 회사에 취직하면 그동안 못 했던 효도를 하겠다고 다짐했었다.

그러나 그렇게 하지 못했다.

언제나 사랑했던 아버지.

학교 근처에도 가보지 못했던 아버지는 겨우 글을 쓸 정도로 배움이 적었으나 박강호는 세상에서 당신을 가장 존경해 왔다.

어렸을 때는 아버지가 어머니한테 지는 줄 알았다.

착한 성품을 지녔던 아버지는 어머니의 잔소리를 그저 말없이 듣기만 하셨기 때문에 그런 생각을 자연스럽게 가졌다.

하지만 머리가 크고 어느 순간이 되자 그것이 아버지가 어머니를 사랑하는 방식이란 걸 알았다.

진심으로 자식들을 사랑했고 어머니를 또 다른 당신처럼 아끼신 아버지는 박강호에게 세상에서 가장 멋지고 위대한 분이셨다.

취직을 하고 첫 월급을 받은 후 속옷을 사 들고 집에 들어갔을 때 박강호는 살아오면서 가장 아름다웠던 아버지의 웃음을 볼 수 있었다.

그 모습이 지금도 뚜렷이 가슴에 박혀 있었다.

막상 아버지가 돌아가시자 수많은 후회가 가슴속에 쏘아진 화살처럼 틀어박혀 왔다.

당신이 드시고 싶어 했던 맛있는 음식조차 제대로 사 드리지 못했고 누구나 간다던 해외여행을 한 번도 보내 드리지 못했다.

자신은 죄인이었다.

아버지를 이렇듯 허무하게 보낸 자신은 천하에 둘도 없는 불효자였다.

아버지의 장례식이 치러지던 날 수많은 화환이 날아들었다.

천하물산 국제영업부장의 파워가 얼마나 대단한지를 알려주기라도 하듯 장례식장의 전체가 화환으로 뒤덮였다.

끊임없는 조문객의 행렬이 줄을 이었다.

본사 및 본부, 지사와 생산 공장 등 천하물산의 직원들이 대거 장례식장에 나타났고 하청 회사의 사장들이 줄줄이 모습을 드러냈다.

형들과 누나들은 화환으로 파묻힌 장례식장을 보면서 눈이 잔뜩 부어 있는 박강호의 어깨를 두드려 주었다.

"아버지가 너 때문에 꽃 속에 파묻혀 잠이 드시는구나. 고맙다, 강호야. 아버지는 행복하게 가고 계실 거다."

아마, 큰누나는 끊임없는 슬픔으로 눈물을 매달고 있는 박강호를 위로하기 위해 해준 말이었을 것이다.

하지만 그 말을 들은 박강호는 기어코 통곡을 터뜨리고 말았다.

이까짓 게 무슨 소용이란 말인가.

살아생전 아무것도 해드리지 못했는데 돌아가신 후의 부귀영화가 무슨 소용이 있단 말이냐.

아버지의 영정.

여전히 어색하게 웃고 계시는 아버지의 모습.

그 모습이 박강호의 추억 속에서 살아 나와 뿌옇게 다가왔다.

보고 싶어요, 아버지…….

이 그리움, 이 사랑. 저는 어쩌면 좋아요, 아버지!

아버지의 영정 앞에서 박강호는 머리를 박고 오열을 멈추지 못했다.

　조문객들이 기다리고 있었지만 박강호는 오직 아버지의 앞에서 자신의 잘못을 빌기만 할 뿐이었다.

　얼마나 울었을까.

　어느새 다가온 윤선아가 그의 어깨를 일으켜 세웠다.

　그녀 역시 박강호의 울음에 맞춰 계속해서 뜨거운 눈물을 흘렸던지 얼굴이 퉁퉁 부어 있었다.

　"여보, 조문객을 맞이해야 돼요. 그만 일어나세요."

　윤선아의 말에 박강호가 정신을 차리고 자리에서 일어나 상주 자리로 돌아갔다.

　조문객을 맞이하기 위해 눈물을 닦아내고 입구를 바라보자 문틈을 넘어 유태희가 다가오는 것이 보였다.

　그녀의 눈은 발갛게 달아올라 있었는데 슬프게 울고 있는 박강호의 모습을 오랫동안 지켜본 것 같았다.

제42장
접대

　아버지를 보내 드리고 집으로 돌아왔으나 한동안 박강호는
충격에서 벗어나지 못했다.

　사랑하고 존경했던 분을 잃어버린 슬픔은 그를 한동안 깊고
깊은 늪으로 빠져들게 만들었다.

　하지만, 사람은 어떻게든 살아가는 모양이다.

　정신없이 일에 매달리다 보니 아버지를 잃은 슬픔이 조금씩
옅어졌고 시간이 흐르면서 아버지의 마지막 모습은 세상에서
가장 슬펐던 기억으로 변해갔다.

　유태희에게서 전화가 온 것은 아버지가 돌아가시고 3개월이
흐른 어느 날이었다.

　—박강호 씨, 잘 지내셨나요?

"…누구신지?"

그녀의 아름다운 목소리를 금방 알아들을 수 없었다.

아주 오래전 매일처럼 들었던 목소리였으나 시간은 그녀의 목소리를 잊어버리게 만들었다.

—아쉽네요. 제 목소리를 벌써 잊어버리다니……. 유태희예요.

"아… 사장님!"

—그 호칭도 이상해요. 매일 듣는 호칭인데 강호 씨한테 들으니까 무척 어색하네요.

"아버지의 상에 와주셔서 감사했습니다. 몇 번 전화를 드리려 했지만 실례가 될까 봐 걱정하다가 기회를 놓치고 말았습니다."

—알아요.

정말 아는 걸까.

그래, 누구보다 총명한 그녀였으니 자신의 마음을 꿰뚫어 볼 수도 있겠다는 생각이 들었다.

전혀 예상하지 못했던 조문을 받으며 슬픈 와중에도 놀라움을 숨기지 못했다.

그녀는 이젠 전혀 다른 차원에서 살아가는 사람이었으니 일개 부장의 상가에 찾아오리라고는 상상조차 하지 못했던 것이다.

대부분의 사람들에게는 고맙다는 메일과 전화를 했지만 유독 그녀에게만은 조문에 대한 감사를 표하지 못했다.

망설임.

자신을 사랑했던 여인이었고 지금은 까마득한 위치에서 주력 계열사를 이끌어가는 천하전자의 사장에게 전화를 한다는 것은 정말 어려운 일이었다.

그럼에도 그녀의 전화를 받자 미리 전화를 해야 했었다는 후회가 밀려들었다.

무슨 말인가를 해야 했지만 입이 쉽게 떨어지지 않았다.

하지만 유태희는 그것마저 염두에 두고 있었던 모양이었다.

―용건만 간단히 할게요. 내일 저녁 시간 되세요?

"특별한 약속은 없습니다."

―그럼 내일 저녁에 식사나 같이 해요.

"저와 말입니까?"

―그래요, 우리 둘이. 오랜만에 얼굴을 보고 싶네요.

"알겠습니다."

―삼성동에 바람기억이라는 이탈리안 레스토랑이 있어요. 내일 거기서 7시에 봐요.

대답을 하고 전화를 끊었지만 정신이 멍해졌다.

왜?

무슨 이유로 보자고 하는 걸까.

상가에서 본 그녀는 나이에 어울리지 않게 여전히 아름다웠고 고귀해 보였다.

거기에 오랫동안 사장으로 근무했던 관록이 더해지면서 그녀는 주위를 위압할 정도로 독보적인 포스를 뿜어냈다.

오래전 기억.

새삼스럽게 자신의 앞에서 눈물지었던 그녀의 모습이 생각났다.

그녀는 그때 한 떨기 비 맞은 수선화처럼 청초했고 불쌍해서 그의 가슴을 아프게 만들었다.

'바람기억'.

삼성동은 우리나라 강남에서도 손꼽히는 부자 동네다.

아니다, 부자 동네라기보다는 국내의 경제를 움직이는 회사들이 밀집되어 있는 곳이라는 표현이 맞을 것이다.

바람기억은 삼성동의 중심에 자리 잡은 최고급 레스토랑이었다.

박강호는 부장으로 승진하면서 윤선아의 권유로 중대형 승용차를 뽑았다.

사회적인 위치에 맞는 차를 타고 다니지 않으면 사람들에게 무시당한다는 게 그녀의 주장이었다.

틀린 말이기도 했지만 한편으로는 맞는 말이기도 했다.

그랬기에 박강호는 그녀의 권유에 따라 최신형 승용차를 새로 샀다.

만약 예전에 타고 다니던 소형차를 몰고 들어왔다면 주차 안내 요원이 무시했을 거라 생각될 정도로 바람기억은 외관에서부터 뿜어 나오는 포스가 장난이 아니었다.

차에서 내리자 주차 요원이 다가와 키를 건네받았기 때문에 박강호는 대리석으로 치장된 문을 통해 곧장 안으로 들어갈 수 있었다.

예약자를 말하자 지배인이 마치 돌아가신 할아버지가 온 것처럼 허리를 구십도로 꺾었다.

바람기억은 10층에서 내려다보이는 시가지의 전경이 환상적이었다.

사람들은 이미 대부분의 자리를 차지한 채 즐겁게 식사를 하고 있었으나 유태희는 어디에도 모습이 보이지 않았다.

이탈리안 레스토랑이라고 들었는데 지배인이 그를 안내한 곳은 아무도 볼 수 없는 룸이었다.

그곳에 유태희가 있었다.

"어서 와요."

불현 듯 내미는 그녀의 손을 얼떨결에 붙잡았다.

그녀의 손은 매우 따뜻했다.

우아한 미색 투피스를 차려입은 유태희는 마치 처녀처럼 보일 정도로 예뻤다.

맞은편에 자리를 잡고 앉자 메뉴판을 열어 박강호의 의견을 물은 후 지배인에게 음식을 시킨 그녀가 배시시 웃었다.

"내가 만나자고 해서 놀랐죠?"

"그렇습니다."

"오랜만인데 반갑지 않나요?"

직접적인 그녀의 질문에 대한 대답은 무엇일까.

잠시 동안의 침묵이 흐른 후 박강호는 가벼운 한숨을 내쉬었다.

그런 후 그녀의 얼굴을 똑바로 바라보며 입을 열었다.

"반갑습니다. 예전과 하나도 변하지 않았군요. 여전히 아름다우십니다."

"고마워요. 그렇게 말해줘서."

"15년 만이네요."

"참 많은 시간이 지났어요. 당신도 나도 몰라보게 변했으니까요."

"흘러간 건 시간밖에 없는 것 같습니다. 사장님을 뵙게 되니 예전 그때로 돌아간 것 같군요."

"그런가요?"

"사람의 기억은 쉽게 잊어지지 않습니다. 그때 우린 이렇게 마주 앉아 많은 시간을 보냈죠."

"정말 그때를 기억하나요?"

"그럼요."

"그렇다면 제가 흘린 눈물도 기억하겠네요."

"…저를 위해 흘려준 눈물이었으니 어떻게 잊을 수 있었겠습니까."

"술… 한잔해요."

박강호의 대답에 유태희가 지배인이 놓고 간 와인병을 들었다.

소주 이름은 잘 알지만 와인의 이름은 모른다.

얼마나 비싼 건지, 어디서 온 건지 알지 못하니 그저 주는 대로 받을 뿐이다.

잔에 채워진 선홍색 빛깔의 와인이 마치 피처럼 붉다.

그녀가 내민 잔에 자신의 잔을 가볍게 부딪치고 거의 반가량을 입안에 쏟아부었다.

와인은 음미하면서 마시는 거라 했지만 지금의 박강호는 그럴 생각이 전혀 없었다.

불안한 것은 아니었으나 긴장되는 건 사실이었다.

천하그룹의 차기 후계자와 이렇게 단둘이 식사를 한다는 것은 일개 부장의 입장에서는 꿈도 꾸지 못할 일이었다.

그럼에도 와인이 세 잔 정도 비워지자 점점 긴장의 끈이 느슨하게 풀리기 시작했다.

거기에는 유태희의 태도도 한몫을 했다.

그녀는 박강호와 마주 앉은 후부터 지금까지 천하전자의 사장이라는 타이틀을 아예 내려놓은 듯 포근한 미소를 지은 채 다정한 시선을 보내오고 있었다.

두 사람의 대화가 편안하게 이어지기 시작한 것은 식사와 곁들여진 와인이 거의 한 병 정도 비워졌을 때였다.

"강호 씨 소식은 멀리서도 듣고 있었어요."

"사장님께서는 매우 바쁘셨을 텐데 제 소식을 듣고 있었다니 놀라운 일이군요."

"그 호칭 좀 바꾸면 안 돼요?"

"무슨 말씀이신지……?"

"나는 강호 씨라고 하잖아요. 그게 무슨 뜻인지 몰라요?"

"잘 모르겠습니다."

"나는 강호 씨를 친구로 대하고 있는 거예요. 우린 나이도 같고 오래전 남들에게 말하지 못하는 비밀도 공유했으니까 충분히 그럴 자격이 있다고 생각해요. 그렇지 않아요?"

"맞습니다."

"그런데 나를 자꾸 사장님이라고 부르면 어쩌란 말이에요. 지금부터는 그냥 이름을 부르면 좋겠어요."

"아……."

"설마 남자가 그런 배짱도 없는 건 아니죠. 내가 아는 박강호 씨는 충분히 그러고도 남을 사람이라 생각했는데요."

"알겠습니다. 그럼 저도 이름을 불러 드리죠."

"좋아요. 이제부터는 진짜 재미있는 대화가 되겠네요."

"태희 씨는 그동안 잘 지내셨나요?"

"어떤 걸 말하는 건가요. 회사일은 그저 그렇고, 제 결혼사는 강호 씨가 잘 아는 것처럼 좋지 않았잖아요."

그녀의 이야기에 박강호의 얼굴색이 흐려졌다.

장안을 떠들썩하게 만들었던 유태희의 결혼, 그리고 이혼.

그녀의 결혼 생활은 모든 사람들에게 화젯거리였고 영화로까지 제작된다는 소문이 있었을 정도로 파란만장한 것이었다.

"그런 뜻으로 물었던 건 아니었습니다."

"알아요. 하지만 이야기하고 싶었어요. 너무 힘들어서. 이런 이야기는 쉽게 누군가에게 말할 수 없는 거잖아요……."

유태희는 말과는 다르게 전혀 아무렇지 않다는 듯 자신의 결혼 이야기를 꺼냈다.

정략결혼.

당사자 간의 사랑이 아니라 집안의 이익이 우선시된 정략결혼은 너무나도 슬픈 짓이었다.

하루하루의 삶을 살아가면서 정이 들 거란 생각은 처음부터 하지 않았다.

정이란 같은 공간 속에서 부딪치며 살아가야 생겨나는 것인데 그들 사이에는 너무나 커다란 현실의 벽이 가로막고 있었다.

유태희의 남편이 사랑하는 여자와 같이 살고 싶다는 일념으로 이혼을 요구했다는 말을 들었을 때 박강호는 두 눈을 질끈 감아버렸다.

그녀는 아무렇지 않게 말하고 있었지만 그 옛날 그녀의 눈물을 뿌리치고 윤선아와 결혼한 자신의 모습이 대비되어 떠올랐기 때문이었다.

자신이 그런 생각을 하고 있다는 걸 그녀는 알까.

아마, 모를 것이다.

만약 알았더라면 저런 얼굴로 환하게 웃을 수는 없다.

자신의 이야기를 모두 마친 유태희는 앞에 놓인 와인 잔을 들어 입으로 가져간 후 곧장 털어 넣었다.

"강호 씨는 그분과 여전히 같이 사는 거죠?"

"그렇습니다."

"행복한가요?"

"예전에는 그런 질문에 대해서 아무런 생각을 가지지 않았는데 이제 와서는 현실로 다가옵니다. 행복하냐고 물으셨죠. 예, 저는 행복합니다."

"왜 행복하냐고 물어도 될까요?"

"누군가는 사랑의 호르몬이 3년을 간다고 하더군요. 제가 느낀 것도 그렇습니다. 부부로 15년을 같이 살다 보니 사랑보다는 정이 훨씬 더 커졌습니다. 저는 그 정으로 행복을 느낍니다."

"저와도 가능했을까요?"

그녀는 박강호를 빤히 바라보았다.

그 시선에 담겨 있는 기대감.

대답을 하고 싶지 않았으나 해야 했다. 재벌가의 여식답지 않게 올바른 정신과 아름다움을 지닌 그녀는 사랑받기에 충분한 여자였다.

"아마, 그랬을 겁니다. 제가 책임져야 할 사람이 없었다면 우린 서로를 아끼는 사이로 발전할 수 있었을 테니까요."

박강호의 대답에 유태희의 얼굴이 확연하게 밝아졌다.

그녀는 사랑했던 사람에게 위로를 받을 수 있다는 사실이 너무 즐거운 모양이었다.

"내가 아까 한 말 어떻게 생각해요?"

"어떤 것을 말하는 거죠?"

"친구가 되자고 말했잖아요."

"억지로 이름을 부르라고 했기 때문에 그렇게 했지만 이곳을 나가는 순간 태희 씨는 저에게 월급을 주는 그룹 계열사의 사장님으로 변하게 될 겁니다. 아무래도 친구가 된다는 건 쉽지 않을 것 같네요."

"그 이유가 다인가요?"

"솔직히 부담도 됩니다."

"왜요, 친구 먹자고 하는 게 여자라서 그런 생각을 하는 건가요?"

"그렇습니다. 태희 씨와 저는 이렇게 마주 앉아 다정하게 식사를 할 수 없는 관계였으니까요."

"이별한 부부도 요새는 친구처럼 지내며 살아요. 하물며 일방적으로 짝사랑했던 여자가 절대 가정을 깨뜨리지 않겠다는 약속을 하면서 친구가 되자는데 그것도 안 돼요?"

간절하다.

그 간절함에서 더 위기감이 느껴졌다.

남자와 여자.

이성인 두 사람이 친구가 된다는 것은 절대 쉬운 일이 아니었다.

더군다나 박강호는 유부남이라 덜했지만 유태희는 언제든 마음만 먹으면 남자를 사귈 수 있는 자유의 몸이었다.

그랬기에 부담스러웠다.

남녀 간의 사이에서는 단순한 친구를 넘어서는 결과가 언제든지 발생할 수 있기 때문이었다.

그럼에도 강하게 고개를 저을 수 없었다.

간절하게 그를 바라보는 유태희의 시선에는 외로움이 가득 들어 있었다.

"좋습니다. 하지만, 조건이 있습니다."

"뭐죠?"

"절대 우리 관계를 회사 내로 끌고 들어오지 않아야 합니다. 친구라는 이유로 제 일에 간섭하는 경우가 생긴다면 아마 저는 못 견딜 겁니다."

"그건 약속하죠."

"친구라고 같이 밤을 새우자는 무리한 부탁은 안 됩니다. 저는 유부남이라는 거 확실하게 기억해 주세요."

"야박하네요."

"제가 할 수 있는 건 태희 씨의 이야기를 들어주는 것뿐입니다. 어떤 이야기를 해도 재미있게 들어줄게요. 외로울 때, 슬플 때, 힘들 때 전화하시면 이런 비싼 집 말고 동네 맥줏집에 자리를 잡아놓겠습니다. 괜찮으시겠습니까?"

"좋아요!"

차장과 부장의 차이점은 실무를 하느냐 그렇지 않느냐의 차이에 달려 있다.

차장까지는 자료를 수집하고 기획서를 만들어 보고해야 하지만 부장서부터는 중요 사안에 대한 판단과 대외 업무가 주된 영역으로 변하게 된다.

그중 국제영업부장의 가장 큰 영역 중의 하나는 바로 대외 영업이었다.

영업은 기업의 이익을 극대화하기 위해 하는 활동을 말하는 것으로서 수많은 사람과의 연계망이 필수적이었다.

박강호는 부장으로 승진할 때 쌓아놓았던 인맥을 유지하기 위해 지금도 계획서를 세우고 전화를 계속하는 중이었다.

하지만 부장으로 승진하면서 2년 동안 그는 새로운 인맥을 구축하느라 무진 애를 써야 했다.

내부 인맥과는 또 다른 인맥.

바로 정, 관계와 협력 업체의 사장단을 비롯해서 심지어 언론에까지 다방면의 인맥을 구축해야 했다.

천하물산의 국제영업부장은 원활한 무역 활동을 위해 국가 간 정치적 쟁점까지 사전에 입수하고 대책을 마련해야 하는 특수한 보직이었고 문제 발생 시 언론과 정치인을 입막음해야 하는 중요한 자리였다.

역시 대한민국의 인맥은 줄이었다.

학연, 지연, 혈연.

부장으로 승진할 때만 작용할 거라 생각했던 인맥의 형성은 대외로 나가자 훨씬 힘들고 어려웠다.

가장 중요한 학연과 지연이 없으니 그가 할 수 있는 것은 한계가 있었다.

기껏해야 담당 행정기관의 실무자급이 대부분이었고 그 위로는 아예 만날 엄두조차 내지 못했다.

지위의 차이.

영업처장은 자신이 지닌 인맥을 일상적인 업무를 위해 함부로 동원하지 않았다.

비장의 한 수는 결정적인 순간에 동원하는 것이란 철칙을 세워놓고 그는 그것을 철저히 지켰다.

그랬기에 박강호는 업무를 수행하면서 난관에 봉착하는 경우가 많았다.

실무 간부들과 밀접한 관계를 맺고 있다 하더라도 윗선에서의 압력에 의해 결과가 산으로 가는 경우가 종종 발생했던 것이다.

그것을 해결해 준 것이 바로 유태희였다.

유태희와는 거의 한 달에 한 번씩 만나서 간단히 밥을 먹은 후 맥주를 마셨는데 박강호가 대외 인맥 구축에 어려움을 토로하자 즉시 해결책을 마련해 주었다.

박강호는 용인에 있는 한송CC에 도착해서 골프 백을 내리고 차를 파킹한 후 클럽하우스로 들어가 기다렸다.

골프는 부장으로 승진하면서부터 치기 시작했는데 2년이 지난 지금 겨우 보기플레이를 하는 수준이었다.

물론 열심히 연습했다면 그의 운동신경으로 봤을 때 충분히 더 잘 칠 수 있었겠지만 시간을 핑계로 연습을 등한시했다.

보기플레이를 하게 된 것도 국제무역부장 자리에 앉으면서 어쩔 수 없이 접대를 위해 공무원들이나 기자들과 라운딩을 하면서 만들어낸 것이었다.

박강호가 한쪽에 있는 의자에 앉아 10여 분 정도 기다리자 유태희가 차에서 내리는 것이 보였다.

급히 일어나 마중을 나가는 그를 향해 그녀가 방긋 미소를 지었다.

"일찍 왔어요?"

"아닙니다. 방금 왔습니다."

"거짓말."

박강호의 대답에 그녀가 삐죽 입술을 내밀었다.

남이 보면 충분히 애인 사이라 할 만할 행동이었다.

그녀는 여전히 예쁘고 날씬하다. 더군다나 얼굴을 가리기 위해선지 선글라스를 꼈기 때문에 클럽하우스에 있는 사람들의 시선을 단숨에 끌어모았다.

아마, 사람들은 그녀가 연예인이라고 생각할지도 몰랐다.

유태희는 라커룸으로 들어가지 않고 박강호가 앉아 있던 자리로 가서 편하게 앉았다.

"뭐해요, 앉아요."

"예."

"오늘 옷차림이 너무 딱딱해요. 왜 그렇게 왔어요?"

"어떤 분들이 오실지 몰라서요. 태희 씨, 이젠 오늘 오시는 분들이 누군지 알려줘요."

박강호의 질문에 유태희가 또다시 빙긋 웃었다.

골프 라운딩은 미리 동반자를 알려주지 않는 경우가 많았다.

그것이 접대성이라면 더욱 그렇다.

비밀이 새어 나가 신분이 노출되는 경우를 막기 위함이었다.

하지만 당일이 되었고 골프장에 도착한 이상 말하지 않을 이유가 없다.

"산통부 차관하고 TBS 사장이 올 거예요."

"…정말입니까?"

"내가 거짓말하는 것 같아요?"

"아니… 그게 아니라……."

너무 황당했다.

당연히 노는 물이 다를 거라고 생각했지만 이건 아예 상상조차 하지 못할 정도의 거물들이었다.

그랬기에 박강호는 더듬거리며 말을 잇지 못했다.

유태희가 불쑥 자리에서 일어난 것은 클럽하우스를 통해 퉁퉁한 몸매를 지닌 노년의 신사가 들어올 때였다.

"사장님, 어서 오세요. 오시느라 힘들었죠?"

"별말씀을요. 골프장이 가까워서 금방 왔습니다."

"여긴, 박강호 씨예요. 저하고는 가장 친한 친구라서 같이 운동하자고 했어요. 괜찮죠?"

"그럼요. 반갑습니다. 나는 백성춘입니다."

"만나 뵙게 돼서 반갑습니다. 박강호입니다."

정중하게 인사를 마친 박강호가 주머니에서 명함을 꺼내 건네주었다.

백성춘의 표정이 이상하게 변한 것은 박강호의 명함을 받아 본 후였다.

천하물산, 국제무역부장이라는 직책.

그의 시선이 슬쩍 유태희에게 향한 것은 오래된 경험에서 흘러나오는 직감에서 이상함을 발견했기 때문일 것이다.

그럼에도 그는 아무런 소리 없이 천천히 입을 열었다.

"그런데 아직 차관님은 안 오셨나 보군요."

"곧 오시겠죠. 아… 저기 도착하셨네요."

유태희가 말에 그의 고개가 따라 돌아갔다.

거기에는 호리호리한 몸매를 지닌 오십 대의 남자가 당당한 걸음으로 들어오는 것이 보였다.

골프를 치는 시간은 밀리는 것을 감안해도 보통 다섯 시간을 넘지 않는다.

하지만 그 시간만으로도 사람들을 아는 건 흘러넘칠 정도로 같다.

특히 오랫동안 언론과 공무원 생활을 하면서 산전수전 다 겪은 백성춘 사장과 한태환 차관은 9홀을 돌 동안 보여준 유태희의 태도에서 박강호가 그녀의 흔한 친구가 아니란 걸 눈치챘다.

물론 그 이면에 깔린 것도 분명히 있다.

유태희는 박강호가 당황할 정도로 평소보다 훨씬 다정한 모습을 보여줬기 때문에 박강호가 두 사람의 눈치를 봐야 할 정도였다.

부담 가는 상대들과 라운딩을 하면서 박강호가 제 실력을 발휘하지 못하고 OB를 내면 그녀는 지체 없이 멀리건을 줬으며 접대를 하기 위해 불러낸 그들 대신 박강호를 따라다니며 다정하게 대화를 나눴다.

그녀는 골프 실력이 대단해서 실수하는 법이 없었는데 유태희는 골프보다 박강호와 같이 다니며 대화하는 것을 더 즐겼다.

백성춘과 한태환은 그녀가 접대를 위해 불러낸 사람들이었다.

하지만 그녀는 그들에 대한 기본적인 예의만 지켰을 뿐 박강호에게 훨씬 더 신경을 썼다.

돈은 귀신도 부릴 수 있다는 속담이 있다.

천하그룹의 차기 후계자 유태희.

그들의 목숨을 치겠다고 마음먹는다면 언제든지 칼을 뺄 수 있는 사람이 바로 그녀였다.

오늘 여기에 온 것도 접대를 받는다는 생각으로 온 것이 아니었다.

유태희는 그만큼 강력한 힘을 가진 여자였다.

그런 그녀와 특별한 관계에 있는 박강호의 존재는 절대 백성춘과 한태환에게 하찮을 수가 없었다.

그랬기에 처음에는 박강호를 보면서 어색한 표정을 지었던 두 사람은 쉬는 시간에 유태희가 화장실을 가자 기다렸다는 듯 질문을 시작했다.

"박부장은 참 잘생겼소. 결혼은 했습니까?"

"예, 했습니다."

"애들은?"

"사내애만 둘 있습니다."

"음……. 그렇군요."

질문을 했던 백성춘이 힐끔 한태환을 쳐다보았다.

자신들의 짐작과 달랐기 때문일 것이다.

하지만 그들은 곧 표정을 바꾸고 말을 이어나갔다.

결혼했다는 사실은 현재 벌어지는 일과 아무런 상관이 없었다.

"유 사장과는 친구라고 하던데 어떤 친굽니까?"

"입사했을 때 제가 근무하는 곳의 팀장이었습니다."

"그런데 친구가 될 수 있나요?"

"어쩌다 보니 그렇게 되었습니다."

묘한 대답이다.

그렇다고 박강호의 대답에 꼬치꼬치 물을 정도로 수가 낮은 사람들이 아니었다.

그들의 표정은 짐작한 것이 있으니 그 정도로 충분하다고 생각하는 것 같았다.

박강호의 대답도 의도적인 것이었다.

직장 생활을 오래 하다 보면 필요에 따라 원하는 대답을 해 줘야 할 때도 있다는 것을 이제는 안다.

원칙대로 살아야 한다는 신념을 버린 것은 아니었으나 굳이 사실대로 말해서 그들이 자신을 하찮게 생각하는 것도 원하지 않았기 때문이었다.

그들의 짐작에 쐐기를 박아 넣은 것은 화장실에 다녀온 유태희였다.

"무슨 대화들을 그리 재밌게 나누셨어요. 혹시 제 흉을 본 건 아니죠?"

"그럴 리가요."

"우리 친구 잘생기지 않았나요?"

"그렇군요. 아주 잘생겼습니다. 저는 이렇게 매력적인 남자는 오랜만에 보는 것 같습니다. 제가 여자라도 한눈에 반했을 겁니다."

백성춘이 노련하게 말을 이끌며 유태희를 바라보았다.

그의 얼굴에는 묘한 웃음이 담겨 있었는데 유태희의 반응을 궁금해하는 것 같았다.

유태희도 장단을 맞춰주었다.

천하그룹의 주요 계열사를 이끌며 수많은 늑대들을 상대해 본 그녀가 그의 태도가 무얼 의미하는지 모를 리 없다.

그랬기에 그녀는 활짝 웃었다.

어차피 이 자리는 박강호를 위해 마련한 자리였다.

어떡하든 그들이 박강호와 가깝게 만드는 것이 그녀의 목적 이었으니 원하는 것을 말해줄 필요성이 있었다.

"그렇죠. 그래서 제가 우리 박 부장을 무척 좋아하는 거예 요. 일도 잘해서 잘 사귀어놓으시면 좋은 일들이 많을 겁니다. 그러니까 두 분께서 앞으로 잘 봐주세요."

유태희의 도움으로 박강호는 수많은 정, 관, 언론계 사람들 을 만났다.

물론 그들은 자신의 짐작을 외부로 노출시키는 실수를 범하 지 않았다.

유태희가 고의로 만들어낸 상황을 사실로 인식만 했을 뿐 그것을 정말 사실화한다는 것이 얼마나 위험한 일일지 잘 알기 때문이었다.

그것은 박강호도 마찬가지였다.

관계를 맺기 위해 유태희의 도움을 받았을 뿐 그녀가 만들 어낸 상황에 의지해서 인맥을 구축할 생각은 추호도 없었다.

스스로 움직였다.

한번 연을 맺은 사람에게는 그가 부장으로 승진했을 때 했던 모든 기법을 동원해서 최선을 다해 관리했다.

수시로 전화를 했고 그들이 필요한 부분을 긁어주었다.

그러면서도 절대 법에 저촉되거나 그들의 신분에 문제가 발생될 일은 하지 않았다.

인맥이란 정으로 형성되는 것이란 신념에 단 한 번의 의심을 가져본 적이 없었으니 일이 발생했을 때 불법적인 일로 그들을 괴롭히지 않았다.

물론 결정적인 순간이 되면 사람은 이익에 따라 움직일 수밖에 없다.

수십 년의 경력과 경험을 쌓은 사람들이 단순한 정에 의해 움직인다는 것은 말이 되지 않는다.

하지만 그들은 박강호와의 연을 무척이나 중시했다.

그의 뒤에는 천하그룹의 유력한 차기 후계자인 유태희가 당당하게 존재했기 때문이었다.

눈앞의 이익보다 인맥을 중시하는 그들에게도 박강호가 중요한 사람이었던 것이다.

인맥이 넓어질수록 박강호의 역할은 점점 커지기 시작했다.

회사 내의 중요 사안들이 그의 손에 의해 풀려나갔고 심지어는 국제적인 무역 통상에 관한 부분들도 산업통산부의 인맥을 통해 해결했다.

임원들은 물론이고 본부장들까지 박강호를 찾았다.

어려운 일이 발생할 때마다 그들은 박강호에게 자신들의 어려움을 상의하며 도움을 청했다.

그중에는 검찰과 관련된 것들도 있었고 회사의 부정적인 보도를 막아달라는 것과 심지어 세무조사에 관한 것도 있었다.

회사를 위하는 일이라고 생각하면 박강호는 밤낮없이 뛰어다녔다.

수많은 사람을 만나러 다니다 보니 인맥은 오히려 더욱 넓어졌고 깊어졌다.

샘은 깊어질수록 많은 물이 나온다고 했는데 인맥의 형성도 그와 비슷했다.

유태희가 소개시켜 준 것보다 거의 열 배나 많은 인사가 그의 관리 명단에 자리 잡았고 시간이 지날수록 그의 힘은 점점 더 커져갔다.

인맥이 깊어지고 넓어지며 시간이 지나자 반대의 일들이 많이 생기기 시작했다.

자신이 필요해서 만나는 것보다 그들의 어려움을 해소하기 위한 만남이 잦아졌던 것이다.

도움을 주고받는 것.

인맥을 형성시키는 원천적인 힘은 바로 여기서 나온다.

그랬기에 박강호는 그들이 어려운 일을 만났을 때 전심전력을 다해 도와줬다.

박강호가 임원으로 승진한 때는 부장 5년 차였다.

임원의 승진은 사장과 본부장들이 면접을 통해 결정하는데 박강호는 만장일치로 승진을 했다.

천하물산의 직원들이 모두 예상했던 일이었다.

회사 내에서 국제무역부장으로 근무하는 동안 그는 거의 백 프로 이상 해외무역 이익을 신장시켰고 수많은 프로젝트를 성공시키면서 직원들의 신임을 한 몸에 받았다.

물론 그것은 중역들도 마찬가지였다.

그들 중 박강호가 지닌 인맥의 힘을 빌리지 않은 사람은 아무도 없었다.

거기에다 그가 지닌 막강한 인맥은 그의 승진 시기에 맞춰 사장과 본부장들을 압박해 왔다.

박강호의 요청에 의한 것이 아니라 스스로 움직인 것이었다.

마치 강물이 위에서 아래로 흐르는 것처럼 한번 구축해 놓은 인맥은 상황이 발생하자 유기적으로 흐르며 그를 광대한 바다로 이끌어 나갔다.

제43장
일곱 가지의 행복

　박강호는 임원이 되면서 핵심 요직인 기획실장으로 자리를 옮겼다.

　기획실장직은 그의 인맥을 발휘하기에는 최적의 보직이었기에 사장은 기획본부장의 건의를 두말없이 받아들였다.

　입사 후 21년 만에 이룬 성과.

　철부지 어린 시절, 자신이 왜 기획실로 발령 났는지조차 모른 채 들어왔을 때와는 다르게 박강호는 당당한 걸음으로 기획실장실을 차지했다.

　박강호의 임원 승진 소식에 누구보다 기뻐한 것은 당연히 윤선아였다.

　그녀도 회사 생활을 해봤기 때문에 임원으로 승진한다는 것이 얼마나 어려운 일인지 너무나 잘 알고 있었다.

임원은 회사라는 하늘에 떠 있는 별과 비유되곤 했다. 수많은 직원 중에서도 오직 소수의 인원만이 상무라는 직책을 차지하게 되는 것이다.

그동안 박강호는 회사에 목숨을 건 사람처럼 움직여 왔다.

주중에는 물론이고 주말에도 그는 사람들을 만나러 다니느라 윤선아를 독수공방하게 만든 일이 비일비재했다.

윤선아가 박강호의 승진을 기뻐한 것은 남편의 출세보다 이제는 쉴 수 있을 것이라는 기대감 때문이었다.

너무 열심히 살았다.

천하물산이라는 거대한 조직에서 살아남기 위해 남편은 안간힘을 쓰며 몸부림쳐 왔다.

옆에서 지켜보며 언제나 조마조마했다.

박강호는 넘어지면 다시 일어날 수 있는 오뚜기가 아니었다.

출신 성분이 뛰어나지 못했기 때문에 한 번의 실패는 그에게 다시 회복할 수 없는 치명타가 될 게 뻔했다.

무서웠다.

좌절에 빠져 나락을 헤매는 남편의 모습을 본다는 건 상상하기조차 싫은 일이었다.

하지만 이젠 그런 걱정을 할 필요가 없다.

남편은 모든 난관을 극복하고 임원이란 정점에 섰으니 더 이상 바랄 게 없었다.

박강호는 다가오는 결혼기념일을 생각하며 고민에 **빠**졌다.

결혼기념일을 잊지 않고 챙겼지만 이번은 다른 날과 달랐다.

20주년.

정신없이 일에 몰두하다 보니 결혼기념일이 되면 꽃다발을 선물하는 것과 외식을 하는 것이 전부였다.

지금까지 결혼해서 같이 사는 동안 사랑하는 윤선아와 함께 외국 여행을 한 번도 한 적이 없었다.

자신은 회사 일 때문에 여러 나라를 다녔지만 그녀는 아이들을 키우느라 외국은 구경조차 하지 못했다.

결혼을 하면서 행복하게 해주겠다고 약속했지만 자신은 자상한 남편이 아니었다.

승진이라는 산을 넘기 위해 일에 미쳐 몸부림치다 보니 자연히 윤선아를 힘들게 만들었다.

그녀의 외로움은 하루 이틀에 만들어진 것이 아니었고 자신은 그 외로움을 알면서도 위로해 주지 못한 못난 남편이었다.

그랬기에 결혼기념일을 며칠 앞두고 일찍 퇴근한 박강호는 저녁상에서 윤선아를 향해 슬그머니 입을 열었다.

"여보, 그동안 미안했어."

"뭘?"

"내가 너무 당신을 소홀히 한 것 같아. 미안해."

"알면 됐네요. 국 식으니까 얼른 먹어."

뜬금없는 사과에 윤선아가 피식 웃으며 국그릇을 앞으로 내밀었다.

그녀가 오늘 만든 것은 박강호가 좋아하는 북엇국이었다.

"그래서 말인데, 이번 결혼기념일에 우리 해외여행 가자."

"어쭈, 결혼기념일은 어떻게 알았데?"

"내가 잘해주지는 못했지만 그건 꼭 챙겼다. 당신은 가끔가다 날 너무 무시하는 경향이 있어."

"알면 뭐해요. 근사한 목걸이 하나 선물 못 받았는데."

"그러니까 가자. 내가 다 준비해 놓을 테니까 당신은 몸만 가면 돼."

"오래 살다 보니까 별일이네. 당신 정말 괜찮겠어?"

윤선아가 걱정스러운 눈으로 박강호를 바라보았다.

부장 때보다는 덜했지만 임원에 올랐어도 남편은 수시로 저녁 약속이 있었고 주말에도 골프 약속이 많았다.

하지만 박강호는 그런 윤선아의 시선을 당당하게 맞받았다.

그 시선에는 이번만큼은 절대 약속을 어기지 않겠다는 다짐이 담겨 있었다.

"걱정하지 마. 이번에는 우리 마누라 해외여행 꼭 시켜준다."

박강호는 회사에 출근해서 결혼기념일에 맞춰 여행사를 통해 동남아 여행을 예약했다.

다행스럽게 주말을 낀 상품이 있었는데 비수기라서 그런지 가격도 쌌고 일정도 맞았다.

처음 이야기했을 때 시큰둥하던 그녀는 박강호가 정말 예약을 마치고 출발 시간까지 말해주자 소프라노 가수처럼 비명을 질렀다.

들뜬 음성.

보지 않아도 그녀가 얼마나 기뻐하는지 알 수 있을 것 같았다.

전화를 끊고 미소를 지었다.

그 미소에는 이렇게 기뻐하는데 그동안 한 번도 같이 여행을 못 했다는 죄책감이 슬그머니 담겨 있었다.

그리고 한편으로는 뿌듯한 마음도 들었다.

이제라도 아내를 기쁘게 해줄 수 있으니 그나마 다행이었다.

하지만, 그의 즐거웠던 기분은 얼마 가지 못했다.

인터폰을 통해 들려온 본부장 비서의 호출은 꽤 다급했는데 뭔가 급한 일이 생긴 것 같았다.

수첩을 챙겨 본부장실로 들어가자 작년에 새롭게 기획본부장으로 온 김영호가 잔뜩 인상을 찡그린 채 그를 맞아들였다.

"박 처장, 미안한데 이번 일요일에 급히 황 국장 좀 섭외할 수 있겠나?"

"국세청의 황만호 국장 말입니까?"

"맞아."

"무슨 일 있습니까?"

"아무래도 국세청에서 우리 회사에 대한 대대적인 세무조사를 계획하고 있는 것 같아. 정보를 알아야 대응을 할 텐데 전혀 새어 나오지 않고 있단 말이지."

"그건 어디서 들으셨습니까?"

"위에서."

기획본부장이 하늘을 찔렀다.

그것은 곧 사장이 외부에서 들은 첩보란 뜻이었다.

그랬기에 박강호는 심각한 표정을 지었다.

사장이란 직책은 또 다른 파워와 정보력을 지니고 있으니 정보의 신뢰성은 확실하다고 볼 수 있었다.

하지만 이상한 일이다.

사장이 정보를 들었다면 정치 쪽이나 국세청 고위급에서 흘러나올 이야기일 텐데 정확한 정보가 없다는 게 이상했다.

"본부장님, 혹시 사장님의 루트가 어딘지 들으셨습니까?"

"김성환 위원이 슬쩍 지나가면서 이야기했단 거야. 더 물어보려고 했지만 손을 흔들더래. 소문으로 들어서 더 이상 아는 것이 없다면서 그냥 나갔다고 하더군."

김성환 의원이라면 삼선으로 여당에서 중진이라 불리는 실세였다.

그 역시 헛소리를 할 사람이 아니다.

천하물산을 대대적으로 뒤진다는 것은 정치적으로 뭔가 여당이나 청와대 쪽에서 불만이 있다는 뜻이 된다.

본부장의 말대로 그것이 뭔지를 알아내지 못한다면 된서리를 맞을 가능성이 컸다.

정말 일이 안되려면 뒤로 넘어져도 코가 깨진다더니 본부장이 황만호를 만나게 해달라는 일요일은 윤선아와 해외여행을 출발하는 당일이었다.

하지만 박강호는 아무 말도 하지 않았다.

회사 일이 먼저다.

비록 윤선아가 크게 실망하겠지만 일단 급한 불부터 끄는 것이 우선이었다.

"본부장님, 일단 제가 섭외를 해보겠습니다. 그런데 정말이라면 쉽지는 않을 것 같군요. 시간도 촉박하고 정말 세무조사가 계획되어 있다면 제 전화를 받지 않을 가능성이 큽니다."

"그러니까 박 처장한테 부탁하는 거 아닌가. 무슨 수를 쓰든 불러내야 해."

"일단 기다려 보시죠."

가능성이 크지 않았다.

일요일이라면 불과 사 일 후다.

본부장이 황만호를 일요일에 불러내라는 건 골프 자리를 마련하라는 것이었다.

부드럽게 이야기를 진행하는 데는 골프만 한 것이 없기 때문이었다.

하지만 황만호 정도라면 이미 약속이 잡혀 있을 가능성이 컸고 약속이 없더라도 이번에는 거부할 가능성이 농후했다.

황만호는 오랫동안 공을 들여온 사람이었기에 박강호라면 껌벅 죽었으나 이번에는 낌새가 좋지 않았다.

그럼에도 일단 부딪쳐 본다.

아무것도 하지 않는 사람은 아무것도 얻지 못하는 법이니까.

전화기를 들어 단축 버튼을 누르자 신호음이 길게 울렸다.

하지만 전화벨이 여러 번 울렸어도 황만호는 전화를 받지 않았다.

물론 회의 중이거나 전화를 받을 수 없는 상황일 수도 있기 때문에 박강호는 전화벨이 열 번 정도 울린 후 종료 버튼을 눌렀다.

이제 기다린다.

만약 그가 자신의 전화를 피하는 것이 아니라면 한 시간 이내에 다시 전화가 올 것이다.

박강호가 다시 전화기를 든 것은 두 시간이 지난 후였다.

혹시 모르기 때문에 여유 있게 시간의 텀을 둔 것이다.

이젠 확실해졌다.

사장이 물고 온 정보는 확실한 것이고 황만호는 자신의 전화를 피하는 것이 분명했다.

박강호의 얼굴에서 쓴웃음이 흘러나왔다.

전화를 피한다고 그냥 물러선다는 것은 말이 되지 않는다.

인맥이란 야생의 생태계와 비슷한 것이었다.

자신의 전화를 피한다면 황만호를 단칼에 쓰러뜨릴 수 있는 사람을 동원하면 된다.

천천히 전화번호를 찾은 후 김영환에게 전화를 걸었다.

김영환은 국세청장 출신으로 현직에 있을 때 황만호를 친아들처럼 이끌어준 은인이었다.

그는 지금 황앤장 법무법인의 고문으로 재직 중이었다.

"고문님 안녕하세요. 그동안 잘 지내셨죠?"

—어, 박 상무. 웬일이야. 저번 주에 라운딩했는데 그새 내가 보고 싶었어?

"하하, 그럼요. 저야 고문님 항상 보고 싶어 하죠."

—이 친구, 아부가 점점 내 수준까지 근접해 온단 말이지. 자넨 아부하지 마. 징그러우니까.

"제가 언제 아부하는 거 보셨어요. 전 사실만 말합니다."

—알았어. 알았으니까, 용건이나 말해. 이 시간에 농담 따먹기 하자고 전화하지는 않았을 테지. 뭐야?

"황만호 국장이 제 전화를 안 받습니다."

—왜? 자네하고 죽고 못 사는 사이잖아!

"그러게 말입니다."

—심각한 일인 모양이군.

"고문님이 도와주십시오. 이번 일요일에 라운딩 부탁드립니다. 부킹은 제가 해놓겠습니다."

—알았어. 기다려 봐. 나도 자네한테 신세진 게 많으니까 이번에는 나도 원수를 갚겠네.

역시 약육강식의 세계다.

김영환은 금방 전화를 해왔는데 황만호의 선약이 있는 것을 캔슬시키고 일요일에 날을 받아냈다.

윤선아는 금방 했던 약속을 깨버린 박강호를 향해 쌍심지를 켜면서 화를 냈지만 얼마 가지 않았다.

평생을 그렇게 살아왔으니 하루가 지나자 언제 그랬냐는 듯 밥상을 차려서 곱게 박강호가 출근할 수 있도록 해주었다.

일요일이 되어 스프링CC에 도착하자 김영환과 군은 얼굴의 황만호가 조금 늦게 클럽하우스에 들어오는 것이 보였다.

본부장과 박강호는 반갑게 그들을 맞이하고는 옷을 갈아입고 라운딩에 나섰다.

하수는 서두르고 고수는 기다릴 줄 아는 법이다.

본부장은 아예 그날따라 푼수처럼 주절거리며 분위기를 띄우기만 했을 뿐 업무에 대한 이야기는 한 마디도 꺼내지 않았다.

박강호를 믿는다는 뜻이었다.

그러나 박강호도 업무 이야기는 한 마디도 하지 않고 그저 골프만 치면서 웃고 떠들기만 했다.

그 역시 늑대가 되었으니 쉽게 속내를 드러내는 하수 짓은 절대 하지 않았다.

박강호가 드디어 발톱을 드러낸 것은 15홀이 지나고 그늘집이 나타나면서 황만호가 화장실에 들어갔을 때였다.

박강호는 그를 따라 슬쩍 화장실로 들어가 바지춤을 내렸다.

"오늘따라 잘 맞으시네요."

"잘 맞긴요. 그저 그렇죠. 그나저나 미안합니다, 전화 못 받아서."

"사정이 있으셨겠죠."

"하여간 박 상무님은 사람 속을 긁는 데는 일가견이 있으시다니까."

"에이, 그럴 리가요."

"속이 답답하니까 오줌발도 시원찮네. 내 전립선 걱정 때문에 따라 들어온 건 아닐 거고, 듣고 싶은 게 뭡니까?"

"이유만 가르쳐 주시죠."

"어떤 이유?"

"아시면서 그러세요."

"에이, 그것참……. 새어 나가면 내가 곤란해진다는 거 아시죠?"

"쟈크 확실히 닫지요."

"이번 대북 지원에 천하물산에서 낸 돈이 터무니없이 적었다고 합디다. 코드 원이 그것 때문에 화를 냈다더군요."

황만호가 말을 해놓고 입맛을 다셨다.

아예 만나지 않았다면 모를까 이런 상황에서 말하지 않고는 못 배겼을 것이다.

그럼에도 그의 얼굴은 밝지 않았다.

자칫 잘못하면 구설수에 오를 가능성도 있기 때문이었다.

하지만 박강호는 그를 향해 푸근한 미소를 지었다.

"고맙습니다. 국장님 불편하지 않도록 금방 해결할 테니 걱정하지 마십시오. 이제 3홀 남았으니까 버디나 한번 하시죠."

라운딩이 끝나고 돌아오는 길에 박강호는 본부장에게 세무조사가 거론된 이유에 대해서 말해주었다.

그의 임무는 여기까지가 전부였다.

이제부터는 사장을 비롯해서 그룹이 나설 차례였다.

국내 제일의 천하그룹이 그까짓 돈 때문에 세무조사를 받는다는 건 말이 되지 않는 일이었다.

아마, 내일이면 청와대를 비롯해서 여권의 핵심 인사들과 대북 관계를 이끄는 행정부의 장관에게 천하그룹의 핵심 사장단들이 모습을 드러낼 것이다.

해결은 그다음이다.

돈이라면 돈으로, 권력은 권력으로, 정치는 정치로 해결하는 것이 천하그룹의 방식이다.

골프장에서 돌아온 박강호는 일단 윤선아의 눈치부터 살폈다.

아침에 아무렇지 않은 듯 보내줬지만 오늘이 해외여행을 떠나려고 계획했던 날이었기 때문에 그녀의 기분은 절대 좋을 리가 없었다.

사람은 최선책이 무너졌을 때 차선책을 생각하는 법이다.

그랬기에 박강호는 해외여행을 취소하면서 다른 계획을 세웠다.

사실 해외여행은 무리이긴 했다.

회사의 중요한 직책에 근무하면서 며칠씩이나 자리를 비운다는 것은 분명 부담스러운 일이었으니 해외여행을 계획할 때부터 마음이 무거웠다.

이것이 회사원의 숙명이다.

현관문을 열고 들어서자 윤선아가 텔레비전을 보고 있다가 자리에서 일어나 마중을 나왔다.

그녀는 요즘 들어 보지 않던 텔레비전 드라마를 자주 보는 것 같았다.

"일찍 왔네. 갈 때는 밤이라도 새울 것 같은 기세더니."

"응, 일이 일찍 끝났어."

"잘 해결됐어?"

"내가 누구야. 단방에 해결했지."

"흐흥, 그거야 그렇지. 잘난 우리 남편이 오죽 잘하셨겠어요."

코맹맹이 소리를 내는 윤선아의 기분은 생각보다 그렇게 나쁘지 않은 것 같았다.

그녀의 말은 언제나 기분을 좋게 만든다.

남편을 믿는 마음.

그녀는 언제나 항상 박강호의 편이었다.

"미안해."

"알면 됐네요. 어디 한두 번이었어야 말이지."

"나중에 꼭 데려갈게. 회사 다니면서 외국 여행은 정말 힘든 것 같아."

"알았으니까. 신경 쓰지 마. 난 괜찮으니까."

"여보, 나 당신한테 할 말이 있어."

"무슨 말?"

"우리 이사 가자."

"갑자기 무슨 이사?"

윤선아가 눈을 동그랗게 만들었다.

그들은 10년 가까이 하남에서 살고 있었는데 박강호가 갑자기 이사 이야기를 꺼내자 놀란 모양이었다.

그렇지 않아도 그녀는 더 좋은 곳으로 이사하는 꿈을 매번 꾸어왔다.

워낙 집이 낡았기 때문이기도 했지만 이제 나이도 들었으니 더 넓은 곳에서 럭셔리하게 살고 싶다는 욕망을 비춰왔던 것이다.

여자들은 좋은 집에서 폼 나게 사는 것이 가장 큰 로망이었다.

"내가 결혼 20주년으로 당신한테 주는 첫 번째 선물이야."

"어디로 가려고?"

"분당으로 가자. 신도시라서 깨끗하고 살기도 무척 편하대."

"돈은? 거긴 꽤 비쌀 텐데 돈은 어떡하고. 애들 가르치느라 난 돈 별로 못 모았어."

"당신 얼마나 가지고 있어?"

"뭐야, 설마 혹시 당신 이사를 핑계로 내 비자금 털어보겠다는 속셈은 아니지?"

"에이, 그럴 리가 있겠어? 얼마를 가지고 있는지 알아야 집을 알아볼 수 있으니까 그렇지."

"아, 이 사람 고민되게 만드시네."

"말해봐. 얼마나 가지고 있어?"

"1억 조금 넘어. 그런데 그것 가지고 이사할 수 있겠어? 난 이제 은행에 빚지는 거 싫단 말이야."

"당신한테 그동안 말하지 않았지만 나도 모아둔 돈이 있어. 당신한테 새 집을 선물해 주고 싶어서 틈틈이 모아두었지."

"나 모르게 딴 주머니 찼다고!"

윤선아가 쌍심지를 켰다.

박강호의 월급은 고스란히 통장으로 들어왔는데 도대체 어떻게 비자금을 만들었다는 것인지 이해가 되지 않았기 때문이었다.

"사실은, 월급 외에 인센티브로 들어오는 걸 내가 모아두었어."

"얼마나?"

"2억 정도 돼."

"어머, 이 사람이 정말 나쁜 사람일세. 그 많은 돈을 나 모르게 모았어. 그거 혹시 딴 집 살림 차리려고 했던 거 아니야!"

"말하시는 것하고는요. 결정적일 때 내놓으려고 했던 거야."

"때려줄까, 예뻐해 줄까?"

"이왕이면 예뻐해 주세요. 얼마나 기특해. 당신 새 집 사주려고 내가 얼마나 아끼고 아껴서 만든 돈이겠어."

"일루 와, 내가 뽀뽀해 줄게."

윤선아가 박강호의 귀를 붙잡고 앞으로 당겼다.

그런 후 정말 예뻐 죽겠다는 듯 입술에 박치기를 했다.

그 행동에 박강호가 환한 웃음을 지었다.

"당신이 예산에 맞춰서 집을 알아봐. 아무래도 당신 마음에 들어야 할 테니까."

"걱정 마세요. 내일부터 내가 하루 종일 쏘다니면서 알아볼게. 그런데 말이야. 나 궁금한 게 있는데, 집이 첫 번째 선물이면 다른 선물도 있다는 뜻이야?"

"당연하지."

"뭔데?"

"결혼 20주년을 그냥 넘길 수가 없어서 내가 일곱 가지 이벤트를 준비했어. 집은 그 첫 번째고 나머지 것들은 매주 하나씩 해줄게."

"아이고, 이 남자. 갈수록 귀여워지네. 알았어, 기대하지."

박강호가 윤선아를 회사 앞으로 불러낸 것은 그다음 주 수요일이었다.

예쁘게 차려입고 나오라는 박강호의 말에 그녀는 오랜만에 정장을 입었는데 봄에 맞게 하얀색 블라우스에 검은 치마를 코디해서 경륜 있는 오피스레이디처럼 보였다.

나이가 오십이 넘었어도 윤선아는 예전 몸매를 그대로 간직할 정도로 곱게 늙어가는 중이었다.

"우와, 우리 마누라 이렇게 입으니까 멋지네."

"원래 내가 좀 그래. 당신 만나서 대충 살다 보니까 그랬던 거지 내가 한 미모 했잖아."

"그럼, 그럼. 당신이 세상에서 제일 예뻐."

"나 요즘 너무 행복해. 매일 집 보러 다니니까 분당에 있는 집들이 다 내 집 같아."

"마음에 드는 집 못 구했어?"

"아직. 오래 살 집인데 신중하게 구해야지. 그런데 어딜 갈 건데 예쁘게 차려입으라고 했어?"

"가보면 알아."

"이게 두 번째 이벤트야?"

"응."

그녀의 질문에 박강호가 경쾌하게 대답하고 차 문을 열었다.

임원으로 승진하면서 대형 승용차와 기사가 회사에서 지급되었지만 오늘은 기사를 먼저 보냈기 때문에 박강호는 직접 운전대를 잡았다.

올림픽대로를 따라 주행하는 동안 윤선아는 잠시도 쉬지 않고 그동안 본 집들에 대해서 일일이 설명을 했다.

분당의 좋은 점들을 열거하면서 그녀는 새 집으로 이사하는 꿈에 부풀어 행복한 마음을 숨기지 못했다.

이윽고 내비게이션의 종착 지점에 도착해서 박강호가 차를 주차시키자 그때서야 윤선아가 의문을 나타냈다.

"영등포네. 회 사주려고?"

"영등포가 전부 회 먹는 데야?"

"수산시장이 유명하잖아. 회 사주는 거 아니었어?"

"회 먹는 거 가지고 이벤트라 말할 수는 없지. 기대해 봐. 생각보다 훨씬 재밌고 기억에 남을 테니까."

차에서 내린 박강호가 윤선아를 데리고 엘리베이터를 탄 후
빌딩으로 올라갔다.

서슴없이 9층을 누르는 박강호를 보면서 윤선아가 묘한 눈길
을 보냈다.

거침없이 행동한다는 것은 여기에 와봤거나 미리 정보를 입
수해서 잘 알고 있다는 뜻이기 때문이었다.

이벤트라 했지만 별 기대는 하지 않았다.

기껏해야 외식하는 거라 생각했는데 박강호가 자신감을 내
보이자 은근한 기대감이 생겨났다.

엘리베이터에서 내리자 상당히 커다란 레스토랑이 나왔다.

정체가 불분명했다.

내부는 화려한데 사람들은 많지 않았다.

더욱 그녀를 당황하게 만든 것은 메뉴판에 적혀 있는 가격
이 너무 비싸다는 것이었다.

가장 낮은 음식이 무려 7만 원을 호가했는데 그녀가 즐겨 먹
었던 돈가스의 가격이었다.

"여보, 이게 뭐야. 왜 이렇게 비싸?"

"원래 이 집이 그래. 뭐 먹을까?"

"정말 여기서 먹을 거야?"

"일단 시켜. 시키고 나면 알게 돼."

"우씨, 너무 비싼데."

고민을 거듭하는 윤선아 대신 박강호가 최고급 스테이크를

시켰다.

한 사람당 12만 원이나 하는 세트 메뉴였다.

안 된다고 고개를 흔드는 그녀를 설득해서 주문을 하자 웨이터가 빙그레 웃는 것이 보였다.

그는 이십 대 후반으로 보였는데 인상이 선한 청년이었다.

"음식은 30분 후에 준비해 드리겠습니다. 먼저 촬영을 하시죠."

"그럽시다. 어디로 가면 됩니까?"

"제가 안내해 드리겠습니다."

그의 안내에 따라 박강호와 윤선아는 홀에 길게 뻗어 있는 길을 걸었다.

윤선아는 여전히 의아한 눈으로 주춤거리며 따라왔는데 영문을 모르는 모습이었다.

이윽고 웨이터가 안내한 곳에 도착하자 예쁜 아가씨가 환한 미소로 그들을 맞아들였다.

홀 한편에 마련된 진열장에 많은 옷들이 걸려 있는 것이 보였다.

사람들의 체형에 맞춰 사이즈별로 구성되어 있는 옷들은 갖가지 턱시도와 웨딩드레스가 있었고 폐백 때 입는 한복들이 곱게 걸려 있었다.

그리고 한쪽에는 촬영장이 마련되어 있었는데 환한 조명 아래 사람들이 사진을 찍는 것이 보였다.

"이게 뭐야?"

놀란 모양이다.

윤선아는 눈을 동그랗게 뜨고 박강호를 향해 설명해 달라는 표정을 지었다.

그 모습을 보며 박강호는 푸근한 웃음을 흘려냈다.

"여기가 그 유명한 사진 레스토랑이야. 옷을 골라서 사진을 찍으면 식사가 끝난 후 예쁜 액자에 넣어서 줄 거야. 자, 골라 봐. 어떤 걸로 할래?"

신기한 듯 열심히 스튜디오를 구경하는 윤선아를 향해 박강호가 재촉했다.

시간이 많지 않기 때문에 빨리 결정을 해달라는 레스토랑의 주문이 있었기 때문이었다.

윤선아는 성격답게 심플한 디자인의 웨딩드레스를 선택했다.

팔짱을 끼고 사진사 앞에 선 두 사람의 모습은 그 옛날 하객들 앞에서 새롭게 인생을 시작하던 그 모습과 너무나 닮아 있었다.

처음에는 웃던 그녀가 한복을 예쁘게 차려입고 맞절하는 사진을 찍을 때 눈물을 글썽거렸다.

추억.

박강호와 살아온 인생이 파노라마처럼 머릿속에서 스쳐 지나갔기 때문이었다.

자신과 아들들을 위해 언제나 묵묵히 헌신적으로 노력한 남편.

그런 남편이 있었기에 그녀의 삶은 항상 행복했었다.

사진이 담긴 액자를 윤선아는 가슴속에 꼭 끌어안고 잠시도 놓으려 하지 않았다.

보고 또 보며 그녀는 돌아오는 동안 잠시도 말을 멈추지 않았다.

이토록 남편의 사랑을 듬뿍 받고 있으니 그녀는 세상에서 가장 행복한 여자였다.

집은 쉽게 구해지지 않았다.

마음에 들면 집값이 너무 비쌌고 가격이 맞으면 위치가 마음에 들지 않거나 집이 낡았다.

윤선아의 고민은 깊어만 갔다.

새 집으로 이사한다는 기쁨은 시간이 지날수록 그녀를 오히려 고민에 빠뜨리고 있었다.

그랬기에 박강호는 주말에 그녀와 함께 분당으로 직접 움직였다.

요즘의 부동산은 인터넷이 발달되었기 때문에 모든 매물을 한곳에서 볼 수 있도록 시스템이 구축되어 있었다.

박강호와 윤선아가 부동산으로 들어서자 사장으로 보이는 중년의 사내가 자리에서 벌떡 일어섰다.

"아이고, 어서 오십시오. 어떻게 오셨습니까?"

"집을 사려고 합니다."

"위치는 정하셨나요?"

"제일 좋은 위치에 제일 좋은 집으로 보여주세요. 평수는 45평 정도면 좋겠습니다."

"여보!"

윤선아가 깜짝 놀라며 박강호를 불렀다.

말도 안 되는 조건을 남편이 제시했기 때문이었다.

그녀의 부름에 박강호는 대답 대신 사장을 바라보았다.

그러자 사장이 분당의 지도가 걸린 대형 패널을 가리켰다.

"아무래도 현재 제일 위치가 좋은 곳은 여깁니다. 백화점이 있고 지하철역이 가까워서 살기가 편하지요. 대신 집이 조금 오래되었다는 단점이 있습니다."

"음……. 낡은 집은 제가 원하는 게 아닙니다. 최근에 지어진 집은 어딥니까?"

"여기 정자동입니다. 새롭게 아파트가 들어서서 꽤 비싼 편이지요. 하지만 상권이나 편의 시설도 최곱니다."

"좋습니다. 그럼 그곳으로 보여주세요."

분당에서 가장 비싼 동네라더니 부동산 사장이 보여준 집들은 정말 좋았다.

그랬기에 박강호는 세 번째 집을 선택했다.

층수가 높아 하천이 한눈에 내려다보이는 아름다운 집이었다.

집값은 가지고 있는 돈보다 3억이 더 필요했으나 박강호는 조금의 망설임도 보이지 않았다.

"이 집을 사겠습니다."

"선택 잘하셨습니다. 정자동은 앞으로 분당의 핵심이 될 곳입니다. 사놓으시면 분명 좋은 일이 있을 겁니다."

부동산 사장에게 당장 내일 주인과 계약하자는 말을 남기고 헤어졌다.

윤선아는 말없이 박강호의 행동을 지켜만 보다가 둘만 남자 뒤늦게 걱정을 늘어놓기 시작했다.

"당신, 어쩌려고 그래. 너무 비싼 집이잖아."

"비싼 거 아니야. 사장 말 못 들었어? 내 판단에도 이 집은 분명 오를 거란 생각이 들어."

"그래도 돈이 많이 부족한데 어쩌려고!"

"융자받자. 당신도 알다시피 내 월급이 많이 올랐으니까 금방 갚을 수 있을 거야. 너무 걱정하지 마."

"난 몰라. 알아서 해."

박강호가 강하게 자신감을 보이자 윤선아의 얼굴이 서서히 밝아지기 시작했다.

그녀는 하천이 내려다보이는 전망을 보면서 입을 다물지 못하며 좋아했다.

막상 자신의 집이 된다는 생각을 하자 은행 빚을 져야 한다는 걱정은 금방 날아간 것 같았다.

박강호의 입이 슬그머니 열린 것은 그녀가 연신 우뚝 서 있는 아파트를 보면서 시선을 돌리지 못하고 있을 때였다.

"여보, 밥 먹고 좋은 데 가자."

"어딜?"

"오늘 약속한 대로 세 번째 이벤트 해줄게."

박강호는 윤선아를 데리고 율동공원으로 향했다.

그곳에 그의 목적지가 있었기 때문이었다.

먼저 밥을 먹고 골목길로 들어서서 조금 걸어 올라가자 말 끔하게 생긴 건물이 나왔다.

'매직카페'.

생소한 이름.

윤선아는 건물 외곽에 붙어 있는 간판을 보면서 고개를 갸 우뚱거렸다.

"여긴 뭐 하는 데야?"

"마술쇼를 구경하는 곳이야."

"마술? 이런 데서 무슨 마술을 해?"

"우리 둘만을 위해서 마술쇼를 해주는 곳이야. 일단 들어가 보자."

"당신 도대체 이런 걸 어디서 알았어?"

"인터넷 다 뒤졌지. 해외여행 취소하고 이틀 동안 특별한 데 이트 코스를 찾느라 무진 애를 썼어."

"우와, 우리 남편 대단해. 기특하다, 기특해."

"머리 쓰다듬지 마. 사람들 본다."

윤선아가 대뜸 손을 올리자 박강호가 지나가는 사람들의 눈 치를 보며 도망갔다.

그 모습에 윤선아가 배시시 웃음을 흘려냈다.

카페 안으로 들어서자 홀의 전경이 한눈에 들어왔다.

그리 크지 않았다.

불과 서른 평 정도의 내부에는 격자망의 벽들이 설치되어 있었고 세 쌍의 연인들이 자리를 차지한 채 뭔가를 열심히 하고 있는 것이 보였다.

예쁜 아가씨가 나타난 것은 그들이 실내를 구경하며 서성거릴 때였다.

"두 분이시죠?"

"그렇습니다."

"시간 맞춰서 오셨네요. 제가 자리를 안내해 드릴게요."

상냥한 목소리.

그녀의 뒤를 따라 격벽으로 가로막힌 장소에 도착하자 세 평 정도의 공간이 나타났다.

공간에는 손님들이 앉을 수 있는 의자가 있었는데 긴 탁자 너머에는 이상한 물건들이 잔뜩 쌓여 있었다.

30대의 남자가 천으로 만들어진 문을 열고 나타난 것은 안내해 준 아가씨가 모습을 감췄을 때였다.

"반갑습니다. 손님들께서는 절대 잊지 못할 추억의 카페에 오셨습니다. 10분 후부터 공연이 시작되니까 그동안 이 고리를 풀고 계세요. 그럼, 잠깐 시범을 보여 드리겠습니다."

사내는 쇠로 만들어진 두 개의 분리된 고리를 끼웠다가 눈 깜짝할 사이에 풀어 헤쳐 두 사람의 눈앞에서 흔들어댔다.

아주 쉬운 동작이었기에 박강호와 윤선아는 고리를 받아 들고 사내를 바라보았다.

뭐 이렇게 쉬운 걸 해보라 하냐는 표정으로.

그 표정을 보면서 사내는 싱긋 웃고 고개를 까닥여 인사를 한 후 모습을 감췄다.

그때부터 박강호와 윤선아는 머리를 맞댄 채 낑낑대기 시작했다.

사내가 했을 때는 그렇게 쉬워 보이던 고리는 별별 방법을 다 동원해 봐도 풀릴 기미가 보이지 않았다.

"와, 신경질 나네."

결국 윤선아가 먼저 항복을 했다.

이미 시간은 십 분이 흘러 마술사들이 줄지어 카페로 나오고 있었다.

그들의 앞에 나온 것은 아까 고리를 풀어보라고 하면서 자리를 비웠던 사내였다.

"어떻게, 풀어보셨나요?"

"안 돼요. 이거 고장 난 거 아니에요?"

"그럴 리가요. 이렇게 잘 풀리는데요."

윤선아가 내민 고리를 사내는 순식간에 다시 풀어 헤쳤다.

그렇게 두 사람을 힘들게 했던 고리는 언제 그랬냐는 듯 마술사의 손에 의해 분리되어 방긋방긋 웃고 있었다.

"야, 저놈이 사람 구별을 하는군."

이번에는 박강호가 탄성을 질렀다.

아무리 생각해도 사람을 차별하는 마술 고리가 괘씸해서 못 건디겠다는 음성이었다.

마술사들이 나타난 후 서빙하는 아가씨들이 음료수와 다과를 가져다가 두 사람 앞에 놓고 사라졌다.

마술사의 입이 열린 것은 윤선아가 박강호의 반응을 보면서 까르르 웃음을 흘렸을 때였다.

"반갑습니다. 두 분, 척 보니까 부부시군요. 그렇죠?"

"맞아요."

"하긴 애인 사이라고 해도 그렇게 답을 하시더군요."

"우린 진짜 부부 맞거든요. 결혼 20주년 기념해서 온 거라구요."

사내의 말에 윤선아가 얼굴을 찡그렸다.

그러자 사내가 능글맞게 웃었다.

"그냥 농담해 본 겁니다. 두 분은 누가 봐도 부부 사인 걸 알 수 있거든요."

"그렇죠?"

"그럼요. 지금부터 저는 두 분만을 위해 삼십 분 동안 열 가지의 마술을 보여 드릴 겁니다. 만약에 두 분이 제 마술에서 속임수를 발견한다면 입장료를 모두 반환해 드릴 것을 약속드립니다."

"정말이죠?"

"저는 맹세코 태어나서 한 번도 거짓말을 하거나 속이는 짓을 하지 않았습니다."

마술사가 환하게 웃으며 약 올리듯 윤선아를 바라보았다.

마술사가 속임수를 쓰지 않는다고 한다면 온 동네 개가 다 웃을 일이었다.

그랬기에 윤선아는 박강호를 향해 입술을 내밀었다.

"여보, 당신 눈썰미 좋잖아. 바로 코앞에서 하는 거니까 우리 반드시 알아내서 낸 돈 찾아가자."

"좋았어!"

박강호가 자신감 있게 대답했다.

그러나 그 자신감은 사내의 마술이 진행되면서 저절로 감탄으로 변했다.

사내가 보여주는 마술들은 정말 코앞에서 봤는데도 절대 알아볼 수 없었다.

카드와 책 등을 이용한 마술들은 각종 기구를 가지고 가까이서 보여주었는데도 도대체 어떤 속임수를 썼는지 알 재간이 없었다.

윤선아는 박강호보다 훨씬 더한 반응을 보였다.

그녀는 사내의 마술에 속임수를 찾아낼 생각은 전혀 하지 않은 채 신기함에 젖은 탄성만 열심히 질러댈 뿐이었다.

다음 날 분당을 찾은 박강호와 윤선아는 집주인을 만나 계약을 체결했다.

50대 후반으로 보이는 집주인은 전세를 알아보는 중이었기 때문에 두 달 후인 5월 중순에 이사를 하라는 조건으로 천만 원을 깎아주었다.

집으로 돌아오는 윤선아의 얼굴은 세상을 다 가진 여자의 표정이 모두 들어 있었다.

그녀는 눈물을 글썽이며 울었다가 마치 유치원에 다니는 여자아이처럼 깔깔 웃었고 박강호를 붙잡은 채 고맙다는 말을 했다가 이제야 번듯한 집을 가질 수 있게 만들었다며 투정도 부렸다.

하지만 그건 아무것도 아니었다.

계약한 다음 날부터 윤선아는 새 집을 꾸미는 계획을 세우며 꿈에 부풀었는데 박강호가 퇴근하고 돌아오면 자신이 하루 동안 만든 계획을 오랜 시간 동안 설명했다.

안방은 물론이고 거실과 아들들 방까지 그녀의 머릿속은 온통 인테리어에 대한 설렘으로 가득 차 있었다.

사람의 행복 바이러스는 전염된다고 했다.

하물며 윤선아는 박강호가 가장 사랑하는 사람이었고 새 집으로 이사하는 당사자였으니 그들은 밤늦도록 인테리어 방식을 놓고 투닥거리며 즐거운 시간을 보냈다.

박강호가 구상한 네 번째 이벤트는 명동으로 가서 하루 종일 윤선아가 사고 싶은 것들을 마음껏 사게 해주는 것이었다.

출발 당일 날 백만 원 다발을 윤선아의 품에 안겨주자 그녀는 박강호의 얼굴과 돈을 번갈아 쳐다보며 진짜냐며 몇 번씩 확인을 했다.

하지만 그녀가 명동에서 하루 종일 쓴 돈은 칠만 원에 불과했다.

점심으로 칼국수를 먹은 것과 아들들 티를 산 것이 전부였다.

그랬기에 박강호는 집으로 돌아오는 길에 손을 내밀었다.

"돈 남은 거 줘."

"무슨 말씀을, 한번 준 돈을 다시 내놓으라는 게 말이나 돼!?"

박강호의 손이 다가오자 그녀는 말도 안 된다는 표정으로 지갑을 뒤로 숨겼다.

깍쟁이다.

윤선아는 언제나 즉석으로 돈을 쓰는 법이 없다.

그럴 걸 뻔히 알면서도 윤선아에게 백만 원이란 큰돈을 준 것은 그녀를 하루 종일 행복하게 만들어주기 위함이었다.

그랬기에 박강호는 서둘러 앞으로 걸어 나가는 윤선아의 뒷모습을 바라보며 유쾌하게 웃을 수 있었다.

건대 앞으로 윤선아를 나오게 한 것은 다섯 번째 이벤트 때문이었다.

결혼 20주년을 맞이해서 계획한 것이었기 때문에 박강호는 주말은 물론이고 주중에도 시간이 날 때마다 윤선아를 불러냈다.

이제 윤선아는 박강호의 전화만 받으면 목소리가 날아갈 것처럼 변해 있었다.

요즘 같은 날들이 계속된다면 그녀는 아마 죽는 날까지 인상 한 번 찡그릴 것 같지 않았다.

그녀는 최근 들어 남편이 해주는 것들에 대해서 감상문을 쓰고 있었다.

감상문에는 이벤트성 데이트를 하면서 느꼈던 점들과 그녀의 행복이 표현되었고 앞으로 다가올 것들에 대한 기대감들이 잔뜩 적혔다.

박강호를 만난 그녀는 대뜸 물었다.

기대감이 크다 보니 궁금증을 참기 어려웠던 모양이었다.

"사랑하는 남편님, 오늘은 어딜 가요?"

"아주 특별한 데."

"그러니까, 거기가 어디냐고!"

"가보면 알아. 여기서 멀지 않으니까 따라오세요."

주차장에 차를 세우고 박강호는 건대 앞으로 걸어가더니 골목을 끼고 돌았다.

목적지는 건대병원과 맞은편에 있는 작은 빌딩이었다.

빌딩에는 '블라인드 레스토랑'이라는 하얀색 간판이 예쁘게 걸려 있었다.

"뭘 가리고 먹는 곳인가?"

"글쎄요. 일단 들어가시죠."

레스토랑은 지하에 있었다.

그리고 왜 지하에 있어야 했는지 그 이유도 금방 알 수 있었다.

두 사람이 계단을 따라 지하에 내려가서 레스토랑으로 들어가자 많은 사람들이 기다리고 있는 것이 보였다.

"예약하셨죠?"

"예, 했습니다."

"성함이 어떻게 되시나요?"

"박강호입니다."

"7시 반 타임이군요. 잠시만 기다리시면 곧 안내해 드리겠습니다. 그리고 여기에 핸드폰과 라이터 등 불빛이 들어오는 물건들은 모두 꺼내주세요."

젊은 청년이 작은 바구니를 그들의 앞에 내밀었다.

슬쩍 바라보니 다른 사람들도 이름이 적혀 있는 바구니에 물건을 담아놓은 것이 보였다.

박강호가 먼저 꺼내서 바구니에 물건을 담자 윤선아가 따라 핸드폰을 꺼내며 고개를 갸웃거렸다.

도대체 이유를 몰랐기 때문이었다.

하지만 10분 정도 기다리자 그렇게 한 이유가 나타났다.

"지금부터 입장을 하겠습니다. 손님들께서는 앞사람의 어깨를 짚고 저를 따라오셔야 합니다."

안내를 했던 하얀색 와이셔츠를 입은 청년이 적외선 안경을 쓴 채 사람들을 인도했다.

그를 따라 홀로 들어서자 깜깜한 암흑의 세계가 나타났다.

그야말로 아무것도 보이지 않아서 눈을 뜨고 있으나 감고 있으나 마찬가지였다.

겨우겨우 움직여 어느 정도 걷자 누군가의 손이 다가와 박강호와 윤선아를 자리에 앉혔다.

"잠시 대화를 나누시고 계시면 조금 후부터 음식이 나올 겁니다. 그럼 즐거운 시간 되세요."

아까 그 청년의 목소리였다.

청년의 발걸음이 멀어지는 소리와 함께 정적이 찾아왔다.

그러자 윤선아가 박강호 쪽으로 바짝 다가왔다.

"여보, 아무것도 안 보여."

"그래서 블라인드 레스토랑이라고 하는 거야."

"그럼 이런 상태에서 식사를 해?"

"응."

"어떻게 먹어? 아무것도 안 보이는데……."

"하하하, 잘 먹어야지."

박강호가 작게 웃으며 자신의 팔을 잡아온 윤선아의 손을 꼭 쥐었다.

그녀의 손은 긴장으로 인해선지 촉촉이 젖어 있었다.

음식이 나오기 시작한 것은 5분 정도 지난 후부터였다.

이곳의 식사는 선택지가 없었는데 스테이크 정식 코스 하나뿐이었다.

맨 먼저 나온 것은 크림스프였다.

더듬거리며 스푼을 간신히 찾아 접시에 담긴 스프를 떠먹었다.

그때 처음으로 알았다.

아무것도 보이지 않는 곳에서는 내 입조차 찾기 어렵다는 사실을 말이다.

"아씨, 코로 갔다."

윤선아가 고개를 저으며 투정하는 소리가 들렸다.

그녀는 스푼이 생각대로 움직여 주지 않자 처음과는 다르게 조심조심 움직였다.

입술과 코에 스프를 묻히면서 겨우겨우 먹으며 두 사람은 작은 웃음을 연신 흘러냈다.

전혀 색다른 경험이었다.

하지만 그것은 시작에 불과했다.

스테이크가 나오자 박강호는 포크와 나이프를 이용해서 그것을 자르기 시작했는데 아무것도 보이지 않았기 때문에 자신이 제대로 자르고 있는 건지 알 방법이 없었다.

그렇다고 스테이크를 통째로 먹을 수는 없었기 때문에 그는 닥치는 대로 나이프를 움직였다.

감각으로 움직여서 스테이크를 자른 후, 이젠 됐겠지 했는데 갑자기 안내 멘트가 흘러나왔다.

"손님 여러분, 스테이크를 다 자르셨으면 지금부터 같이 오신 분들께 먹여주세요. 조심하시지 않으면 콧구멍이나 목덜미에 문지를 수 있으니 주의하시기 바랍니다."

안 하려면 안 할 수 있겠지만 여기저기서 웅성거리는 소음이 잠깐 들리더니 비명 소리가 난무하기 시작했다.

물론 박강호가 앉아 있는 곳도 마찬가지였다.

포크로 스테이크를 찍어 윤선아에게 먹여주려던 그는 잘못해서 코에다가 넓적한 스테이크를 내밀었던 것이다.

"어이, 남편. 일부러 그랬지?"

"아냐, 아냐. 절대 아니지. 이게 말이야, 내 손이 내 마음대로 안 움직여."

"이씨, 일루 와. 당신도 먹어봐."

웃고 장난치면서 겨우 식사를 마치자 적외선 안경을 쓴 웨이터들이 그릇을 모두 치워 버린 후 다시 안내 멘트가 흘러나왔다.

"식사는 모두 끝났습니다. 그럼 지금부터 소중한 분들과 아무것도 보이지 않는 이곳에서 그동안 서로에게 느껴왔던 감정과 추억을 되새기며 대화하는 시간을 갖겠습니다. 모쪼록 오랫동안 기억에 남는 시간이 되길 바랍니다."

계획된 것일까.

아마도 그럴 것이다.

이곳 사장은 아주 오랜 경험을 통해 이런 스케줄을 마련한 게 틀림없었다.

고요한 정적 속에 사람들의 조근거리는 소리가 들려왔다.

박강호와 윤선아도 그들처럼 추억에 잠겨갔다.

오래전, 아주 오래전 처음 만났을 때의 설렘과 살아오면서 겪었던 기억들을 하나하나 되새기며 행복함에 젖었다.

"나, 당신 만나서 너무 행복했어."

"나도 그래."

"나는 당신 두고 절대 먼저 죽지 않을 거야."

"왜?"

"혹시 모르잖아. 다른 여자 만나서 새장가 가면 어떡해."

"절대 그런 일 없어. 내가 먼저 죽을 거니까."

"아……. 생각해 보니까 그것도 안 되겠다."

"왜?"

"당신 먼저 죽으면 난 어떻게 살아. 그건 안 돼."

"바보."

박강호가 윤선아에게 해준 이벤트는 서울 야경 투어와 유명한 호텔 뷔페 식사를 끝으로 마무리되었다.

무려 한 달 동안 이어진 노력이었다.

마지막 이벤트가 끝났을 때 윤선아는 집으로 돌아와 박강호를 안아주었다.

남편을 사랑하는 마음이 그녀를 그렇게 행동하도록 만들었다.

그녀는 나이가 들었어도 여전히 쑥스러움을 숨기지 못했다.

그러면서도 정열적으로 박강호를 꼭 끌어안았다.

사랑한다는 것은 이렇다.

서로를 이해하고 배려하는 마음을 가진 두 사람은 또 다른 내가 되어 삶을 살아간다.

윤선아에게 박강호는 또 다른 나였고 박강호에게 윤선아는 목숨같이 소중한 존재였으니 앞으로도 두 사람은 죽을 때까지 한마음으로 살아가게 될 것이다.

제44장
더없이 아름다운 세상

　두 달은 금방 갔고 윤선아를 그토록 설레게 했던 이사 날이
다가왔다.

　박강호는 정말 오랜만에 휴가를 내고 이사를 위해 출근을
하지 않았다.

　아니다, 틈틈이 윤선아가 원하는 인테리어를 해주느라 가끔
가다 회사에 외출을 내고 나와 분당 집을 여러 번 방문했다.

　집주인이 이사를 한 다음부터 십 일 동안 박강호는 그녀가
원하는 대로 인테리어를 하느라 진땀을 뺐다.

　돈이 많이 들었으나 이왕 하는 거 윤선아가 행복할 수 있도
록 최선을 다해주고 싶었다.

　거실의 바닥을 원목 마루로 깔았고 부엌과 연결되는 문도 새

로 달아주었다.

현관문과 복도 쪽도 예쁘게 색칠해서 완전히 새집처럼 보이게 만들었다.

윤선아가 고른 커튼과 소파, 침대 그리고 가전제품까지 이 기회에 오래된 것은 대부분 교체했기 때문에 이사하는 집은 마치 모델하우스처럼 아름답게 변했다.

박강호가 꾸며놓은 집을 보며 윤선아는 하트눈을 한 채 오랫동안 시선을 떼지 못했다.

여자의 로망을 이룬 그녀는 금방 죽어도 여한이 없는 얼굴을 하며 박강호의 수고에 칭찬을 아끼지 않았다.

그러나 이제 대학생이 된 두 아들은 사내놈들답게 표정 변화가 별로 없었다.

언제부턴가 놈들은 집에 있는 경우가 드물어 대화할 기회가 거의 없었다.

그걸 가지고 뭐라 할 생각은 전혀 없었다.

자신 역시 되돌아보면 대학생이 된 후부터 부모님과 거의 떨어져 살았기 때문이었다.

윤선아도 행복해했지만 박강호도 즐거웠다.

새로운 환경에서 새롭게 산다는 것은 생각보다 훨씬 커다란 즐거움을 주는 것이었다.

그러나 그 즐거움도 일 년이란 시간이 지나자 다시 평범한 삶으로 돌아왔다.

시간이란 괴물은 행복을 희석하게 만드는 묘한 재주를 가진 모양이었다.

변함없는 일상.

박강호는 여전히 회사 일에 전념했지만 임원이 되고 2년이
지난 후부터 스케줄을 조절할 수 있는 여유가 생겼다.

회사의 중요한 정책을 결정하는 것은 많은 시간을 요하는 것
이 아니었고 외부 인맥들을 관리하는 것 역시 이미 주고받는 관
계가 된 지 오래였기 때문에 예전처럼 쫓아다닐 필요가 없었다.

여유.

삶에 여유가 생긴다는 것은 필사적으로 달려온 그의 인생에
새로운 전환점을 마련해 주었다.

오랫동안 잊었던 기타를 다시 손에 잡았고 친구들을 자주
만나기 시작한 것도 그때부터였다.

대학 때 몰려다녔던 고홍준과 최현승은 일찌감치 회사를 때
려치우고 개인 사업을 하고 있었기 때문에 요즘 들어 자주 만
났는데 오늘도 그들은 시내에 있는 일식집에서 저녁 약속이 돼
있었다.

"어이, 대기업 임원님이 이렇게 늦으면 되냐?"

"차가 막혀서 그래."

고홍준이 방으로 들어서는 박강호를 향해 신경질을 냈다.

하지만 박강호는 뻔뻔한 얼굴로 대답하며 자리에 앉았을 뿐
이다.

그동안 자주 만나지 못했을 뿐 모임을 만들어 일 년에 서너

번은 꼭 봤기 때문에 고홍준의 말에 가시가 달린 게 아니란 걸 너무나 잘 안다.

룸에는 이미 놈들이 먼저 손을 댄 특선 회가 방긋거리며 웃고 있었다.

세월은 야속하다.

둘의 머리는 이미 반백이 넘을 정도로 하얗게 변했고 최현승은 배마저 불룩 튀어나와 예전의 멋있던 모습이 하나도 남아 있지 않았다.

"현승아, 운동 좀 해. 아직도 한창인데 몸이 그게 뭐냐?"

"그러게 말이다. 운동보다는 술을 덜 마셔야 해. 사업한답시고 매일 술을 마시다 보니 배만 자꾸 나와."

"얼씨구."

"한 잔 받아라. 요즘은 조금 한가하다더니 여유가 있어 보이네."

"얼굴에 윤기가 흐르지?"

"지랄, 나이가 오십이 훌쩍 넘은 놈이 무슨 얼굴에 윤기가 흘러. 주제를 알아라. 이놈아!"

"크크크……."

최현승의 통박에 박강호가 기괴한 웃음을 흘려냈다.

맞는 말이다.

아직 청춘이라 생각했지만 나이는 어쩔 수 없나 보다.

친구들의 모습에서 자신의 모습을 볼 수 있다고 했으니 분명 자신도 친구들처럼 늙어 있을 것이다.

그럼에도 친구들을 만나면 어릴 적 대학 시절로 돌아간 것처럼 기쁘고 행복했다.

그들과 쌓아온 우정과 추억이 새록새록 피어나 이런 자리가 있을 때마다 활력이 샘솟듯 솟아났다.

친구들과 술을 마시면 별별 소리가 다 나온다.

마누라 이야기와 자식들 이야기는 기본양념이고 예전에 있었던 추억들을 하나씩 끄집어내어 화젯거리로 삼으면 술잔이 어떻게 비워지는지 알 수 없을 정도다.

그리고 대충 이야기가 끝나면 노후에 말년을 어떻게 보낼 것인가를 놓고 토론을 하게 된다.

"강호야, 너는 은퇴가 얼마 남았냐?"

"임원을 달았으니 언제 잘릴지 알 수 없다. 임원은 계약직이니까 오너가 자르면 그냥 잘려."

"파리 목숨이라는 거네."

"그렇지."

"그런 거 보면 사업하는 게 훨씬 편한 것 같기도 하고. 아닌 것 같기도 하고."

"너희들은 마음이 편하잖아. 조직에 있으면 이 눈치 저 눈치 보느라 사팔뜨기가 돼요."

"인마, 마음이 편하긴 개뿔. 그건 사업이 잘될 때 얘기지, 무슨 월급 때가 그렇게 잘 오는지 눈만 뜨면 직원 월급이 코앞으로 다가와. 월급만 생각하면 미칠 지경이다."

"하긴 그렇기도 하겠다."

고홍준이 죽는소리를 하자 박강호가 고개를 끄덕였다.

사업하는 사람들에게 늘 듣는 소리였기 때문이었다.

최현승이 둘의 대화에 끼어든 것은 자신의 잔을 홀짝 비운 후였다.

"그나저나. 우리도 이제 기반을 잡았으니 해외 골프도 치러 가고 그러자. 인생 뭐 있냐. 건강할 때 즐기고 살아야 되는 거 아냐?"

"당연한 말씀."

"하긴 건강 해치면 남은 인생 종 치는 거지. 그나저나 강호 너는 요즘 괜찮냐?"

"뭐가?"

"어디 아픈 데 없냐고. 하도 지랄같이 살아서 걱정이 돼. 오 버 페이스 한 놈들은 쉽게 고장이 나잖아."

"아직은 괜찮아. 그런데 요즘 이상하게 설사를 많이 해."

"병원은 가봤고?"

"아니."

"이 미친놈아. 설사하는 게 얼마나 안 좋은 건데 병원을 안 가? 네가 제정신이냐?"

"아픈 건 아니라서 금방 괜찮아질 거라 생각했지."

"얼마나 됐는데?"

"오 일 정도 된 것 같아."

"건강검진은 언제 받았는데?"

"작년에 바빠서 건너뛰었으니까 이 년 되었네."

"빼먹을 걸 빼먹어야지 그걸 빼먹어? 빨리 가봐. 큰 병이면 어떡해!"

"그렇지 않아도 그럴 생각이다."

서울대 병원에 건강검진을 신청한 것은 그로부터 삼 일이 지
난 후였다.

괜찮을 거라 생각했던 설사는 멈췄다 계속되기를 반복했기
때문에 최대한 빨리 검진 날짜를 잡았지만 그럼에도 일주일이
란 시간이 필요했다.

건강검진은 회사에서 경비를 대주기 때문에 윤선아와 함께
신청했다. 그녀 역시 나이가 있어 매년 건강검진을 받을 필요
가 있었다.

이번 기회에 전반적인 점검을 하기 위해 위내시경은 물론이
고 대장내시경과 갑상선, 그리고 전립선 초음파까지 모두 신청
했다.

윤선아는 박강호의 설사가 계속되자 걱정을 했으나 워낙 건
강했기 때문에 불안해하는 눈치는 아니었다.

건강검진은 그리 오래 걸리지 않았다.

비수기라 그런지 사람들이 많지 않았기 때문에 검진은 불과
세 시간 만에 끝이 났다.

그러나 평온했던 검진은 의사의 호출로 인해 단숨에 깨어지
고 말았다.

위내시경과 대장내시경은 수면 상태에서 받았는데 잠에서
깨자 간호사가 주저하는 말투로 그를 찾는다는 의사의 전갈을

알려줬던 것이다.

먼저 검진이 끝난 윤선아와 함께 담당 의사의 방으로 들어서자 사십 대로 보이는 의사가 불쑥 질문부터 던져왔다.

"박강호 씨 맞죠?"

"그렇습니다."

"부친께서 위암으로 돌아가셨군요."

"갑자기 그건 왜……. 제 몸에 무슨 일이 있습니까?"

의사의 말에 불안감을 느낀 박강호가 질문을 하자 의사가 대답을 하지 않고 컴퓨터 화면을 보여주었다.

컴퓨터 화면에는 대장을 찍은 화면이 여러 장 담겨 있는데 상단에 적혀 있는 것은 분명히 박강호의 이름이었다.

"여기 이것 보이시죠? 이것이 용종입니다."

의사가 화면의 특정 부위를 가리켰다.

두 사람에게 보여준 화면에는 지름이 거의 2㎝에 달하는 붉은 반점이 보였고 의사는 그것을 용종이라 말했다.

박강호는 거의 매년 건강검진을 받아왔기 때문에 많은 직원들이 용종을 떼어냈다는 사실을 알고 있었다.

하지만 그들이 떼어낸 용종 대부분은 1, 2㎜에 불과했고 돌출되어 있어 간단한 시술로 제거가 가능한 것들이었다.

"선생님의 경우에는 특이하게도 용종이 함몰형으로 자라 있습니다. 더군다나 상당히 커서 그동안 대장이 제대로 일을 하지 못했을 것으로 추정되는군요. 혹시 설사라든가 이런 일은 없었나요?"

"있었습니다."

"얼마나 되었죠?"

"십 일 정도 되었습니다."

"그런데 왜 병원에 안 오셨나요?"

"중간중간 괜찮았기 때문에 별것 아니라고 생각했어요."

"원래 일정 시기까지는 그런 일이 반복됩니다. 일단 수술부터 하시는 게 좋겠습니다. 선생님의 경우에는 조직 검사 결과 상당히 안 좋은 쪽으로 나왔습니다. 일단 수술부터 하시고 그런 후 세부적인 조직 검사를 통해서 용종의 종류가 어떤 것인지 결과를 알아봐야 되겠습니다."

"…선생님, 그 말씀은 그 용종이 암일 수도 있다는 말인가요?"

박강호 대신 윤선아가 급히 물었다.

윤선아의 음성은 긴장으로 인해서 잔뜩 떨려 나왔다.

그러나 의사의 음성은 그녀의 것과 비교할 수 없을 정도로 낮았고 침착했다.

"지금으로서는 뭐라 말씀드리기가 곤란합니다. 먼저 수술을 하는 게 급합니다. 더 커지기 전에 제거를 해야 되는데 함몰형이다 보니 꽤 어려운 수술이 될 것 같습니다. 아실지 모르겠지만 대장의 표피 두께는 2㎜ 정도에 불과해서 정밀한 수술이 필요합니다."

"잘못될 수도 있다는 뜻이에요?"

"일단 결과를 지켜보시죠."

"만약에 암이라면 어떻게 되는 건가요?"

"그땐 대장 절제 수술을 고려해 봐야 합니다."

고려라는 말을 썼지만 진짜 암에 걸렸다면 무조건 대장을 잘라내야 한다는 건 기본적인 상식이었다.

그랬기에 윤선아의 표정이 하얗게 질렸다.

청천벽력.

마른하늘에 날벼락이라더니 지금이 그런 상황이었다.

집으로 돌아오는 두 사람의 얼굴색은 어두웠다.

거대한 용종의 존재.

더군다나 악성일 가능성이 크다는 의사의 말에 윤선아는 충격으로 인해 말문을 열지 못했다.

의사는 박강호에게서 샘플로 떼어낸 세포가 암 종양에 근접된 것이라고 했다.

그토록 치열하게 살아온 남편이다.

이제야 그 보상을 받으며 제대로 된 삶을 살아가는 남편에게 암이라니…….

믿고 싶지 않았다. 그리고 아니기를 간절히 기도했다.

하지만 그녀의 생각은 자꾸 불안한 쪽으로 기울어 자신도 모르게 눈물이 흘러나왔다.

그런 윤선아를 보는 박강호의 마음도 불편했다.

하지만 그는 자신의 마음을 숨긴 채 그녀를 위로하느라 애를 썼다.

"여보, 괜찮아. 아직 결과도 나오지 않았는데 왜 그래. 나 누구보다 건강한 거 잘 알잖아."

"그래도, 흑흑……."

막상 박강호가 입을 열어 위로하자 윤선아는 기어코 참아왔던 울음을 터뜨리고 말았다.

그녀는 남편에게 갑자기 닥쳐온 불행을 견뎌내지 못하는 것 같았다.

"바보야, 나 안 죽어. 용종은 대부분의 사람한테 다 있는 거야. 그러니까 너무 걱정하지 마."

"…그래야지, 그럴 거야. 당신이 어떤 사람인데……."

겨우 울음을 멈춘 윤선아가 대답했다.

그러나 그녀의 눈에서는 눈물이 멈추지 않았다.

회사에는 알리지 않았다.

만약 용종을 제거한 후 암이라는 판정을 받게 된다면 모를까 아직까지는 결정된 것이 아무것도 없으니 그저 침착하게 수술할 날을 기다렸다.

수술은 일주일 후에 잡혀 있었고 그동안 윤선아는 침식을 전폐할 정도로 불안에 떨었다.

최대한 그녀의 걱정을 덜어주기 위해 박강호는 평소보다 훨씬 쾌활하게 지냈지만 그녀의 불안은 수그러들 기미를 보이지 않았다.

겨우 그녀가 잠이 든 새벽.

잠에서 깬 박강호는 거실에 나와 소파에 기대고 앉아 아름답게 빛을 발하고 있는 하천 변의 등불을 바라보았다.

마치 기차처럼 가로등은 끝없이 이어지다가 어느 순간 사라지고 있었다.

윤선아를 위로했지만 자신 역시 불안하고 초조했다.

아직 창창한 나이에 떨어진 불벼락을 맞은 순간 세상이 온통 어두컴컴하게 변했다.

그러나 시간이 지나자 점점 두려움이 찾아들기 시작했다.

만약 암이라고 해도 이겨낸다.

어떻게 살아온 삶이었던가.

온몸으로 부딪쳐 왔고 끊임없이 자신에게 주어진 운명을 개척하기 위해 최선을 다해왔다.

불행에 좌절하지 않았고 자신의 어려웠던 환경을 원망해 본 적도 없다.

그러니 이번에도 자신은 절대 지지 않을 것이다.

일주일이란 시간이 이토록 길었던 적은 박강호의 인생에서 단 한 번도 없었다.

입맛은 썼고 몸은 제대로 말을 듣지 않았다.

불면.

그렇다. 잠이 오지 않았다.

그러지 말아야 한다며 마음을 다잡았지만 시간이 다가올수록 새벽에 잠이 깨는 경우가 많았다.

집안 분위기는 엉망으로 변한 지 오래였다.

윤선아는 그가 있으면 밝은 표정을 지으려 애를 썼지만 눈이 부어 있는 경우가 많았고 초조함으로 평상시보다 말이 빨라졌다.

약속된 수술 날이 다가오자 윤선아의 긴장도는 극에 달해 있었다.

용종은 내시경을 이용해서 제거하기 때문에 전날 박강호는 아무것도 먹지 못하고 완전히 대장을 비워야 했다.

차를 타고 병원으로 가는 동안 윤선아는 두 손을 부여잡고 눈을 꼭 감은 채 움직이지 않았다.

그 모습에서 그녀가 얼마나 긴장하고 있는지 알 수 있었다.

사랑하는 만큼 무사하기를 바라는 그녀의 소망.

아마, 윤선아는 사람의 삶을 관장한다는 모든 신에게 박강호가 무사하기를 간절히 바라고 있을 것이다.

병원에 도착해서 수술실로 들어가기 전 윤선아는 박강호의 팔을 붙잡은 채 참고 참았던 눈물을 흘려냈다.

거대한 병마와 싸우러 들어가는 남편에게 눈물을 보이지 않기 위해 필사의 노력을 했지만 그녀는 끝내 저절로 흘러나오는 눈물을 막아내지 못했다.

"여보, 나를 좀 봐. 나… 여기 있잖아. 그러니까 나 두고 가면 절대 안 돼!"

"바보야, 간단한 수술이야. 죽으러 가는 것도 아닌데 왜 울고 그래."

"당신 잘해야 돼. 아니… 꼭 잘해줘. 그럴 거지?"

"알았어."

윤선아는 박강호의 손을 놓지 않으려 했다.

그녀는 그 손을 놓으면 영원히 박강호를 잃어버리기나 하는 듯 쉽게 손을 놓지 못했다.

전신마취는 하지 않았다.

사람에게 악영향을 미치는 전신마취는 완전한 개복수술이나 절제술일 경우에만 시행된다.

박강호에게 시행된 것은 수면 마취였다.

깊고 깊은 잠에 빠뜨려 내시경으로 용종을 제거하는 동안 고통을 느끼지 못하도록 하는 방법이었다.

간호사가 들어와 팔에 주사기를 꽂아놓고 기다리라는 말을 남긴 채 사라졌다.

잠시 후면 수술이 시작된다는 말과 함께.

기다리는 시간 동안 별의별 생각이 모두 떠올랐다.

돌아가신 아버지, 치매를 앓으시며 요양원에 가 계신 어머니와 가족들.

그리고 자신이 잘못될까 봐 손을 놓지 못하던 아내의 얼굴이 하나씩 떠올랐다.

이런저런 생각에 잠겼을 때 다시 들어온 간호사가 박강호를 데리고 수술실로 이끌었다.

기형적으로 생긴 수술대의 모습이 마치 우주선의 조종간처럼 보였다.

간호원의 안내에 따라 수술대에 누워 있자 꽂아놓은 주사기를 통해 수면마취제를 투입하는 것이 보였다.

그런 후 정신을 잃어버렸다.

얼마의 시간이 지났을까.

박강호가 수면에서 깨어났을 때는 수술이 진행되고 있었다.

절대 있어서는 안 되는 일.

몸은 움직이지 않았으나 정신은 말짱했고 대장을 긁어내는 기구의 움직임에 따라 무서운 고통이 엄습해 왔다.

자신이 깨었다는 것을 알리고 싶었으나 입에서는 아무 소리도 새어 나오지 않았다.

고통.

생전 처음 겪어보는 고통에 정신이 하얗게 비어갔다.

참으려 했다.

어떻게 이런 상황이 발생했는지 알 수 없었지만 지금으로서는 참는 방법밖에 없다는 생각이 들었다.

그렇지만 온몸을 엄습해 오는 고통은 결코 의지로 참아낼 수 있는 것이 아니었다.

조금씩 생살을 잘라내면서 발생하는 고통은 인간의 의지가 얼마나 약한지 알려줄 만큼 대단한 것이었다.

결국 인내의 끈이 끊어지려는 순간 박강호의 입을 통해 가느다란 신음이 흘러나왔다.

"으······."

신음과 동시에 몸이 떨리기 시작했다.

그러자 의식의 저편 너머에서 당황한 의사의 급한 목소리가 들렸다.

"조금만 참으세요. 거의 다 되었습니다."

"...으......"

"간호사, 여기 붙잡아!"

의식이 돌아오면서 박강호의 몸이 무섭게 떨렸기 때문에 의사가 보조해 주는 간호사를 향해 소리를 질렀다.

아직 수술은 10여 분이 더 진행되어야 완료가 될 수 있었지만 커다란 고통으로 인해 환자가 수면에서 깼기 때문에 그의 손놀림은 급해질 수밖에 없었다.

이런 상태가 지속되면 수술을 무사히 마치기 어려워질 가능성이 컸다.

"움직이시면 안 됩니다. 잘못하다가는 대장이 찢어질 우려가 있단 말입니다. 고통스럽더라도 참아주셔야 됩니다."

그로서는 그렇게밖에 말할 수가 없었을 것이다.

수면마취제는 과다 투여하면 호흡 억제를 만드는 부작용이 있었다.

박강호는 이미 한번 수면마취제가 투입되었기 때문에 다시 추가를 하게 된다면 자칫 목숨을 잃는 경우도 발생될지 몰랐다.

하지만 박강호는 몸만 움직였다면 그의 모가지를 틀어쥐고 네가 해보라며 소릴 지르고 싶을 정도의 고통에 시달리고 있었다.

세상에 태어나 두 번 다시 하고 싶지 않은 경험.

그 옛날 조폭들의 술수에 걸려들어 목숨을 건 싸움을 하면서 수많은 상처를 입은 적도 있었지만 이런 고통은 처음이었다.

그럼에도 박강호는 그 모든 것을 참아내고 무사히 수술을 끝냈다.

그의 강한 의지가 아니었다면 수술은 난장판이 되었을지도 모른다.

모든 수술을 끝내고 회복실로 돌아와 길고 긴 잠에 빠져들었다.

지칠 대로 지쳐 버린 정신은 모든 것이 끝나자 그를 깊고 깊은 늪처럼 수면의 세계로 이끌었다.

천 근처럼 무거운 눈을 떴을 때 그의 몸은 어느새 병실로 옮겨져 있었고 팔에는 수액 주사기가 매달려 있었다.

얼마나 시간이 지난 걸까.

겨우 고개를 돌려 바라보자 텅 빈 병실에는 아무도 보이지 않았다.

다시 돌아온 정신이 빠르게 지금의 상황을 파악하기 위해 회전했다.

특실?

병실에는 오직 그 혼자만 있었는데 일인실이었다.

짠돌이 마누라가 죽다가 살아 돌아온 그를 위해 특실을 잡았든지 아니면 병원 측에서 만약의 사태를 대비해 환심을 사기 위해 조치한 것인지 알 수 없었으나 그가 있는 병실은 너무나

쾌적했다.

저녁 10시 15분.

수술을 오전 10시에 받았으니 무려 12시간이 지났다는 뜻이다.

윤선아가 병실 문을 열고 들어선 것은 그가 잠에서 깬 지 십여 분이 지났을 때였다.

"아이고 우리 신랑. 깼네, 깼어!"

소리부터 질렀다.

워낙 깊은 잠에 빠져 있었기 때문에 윤선아는 걱정 속에서 시간을 보내고 있었던 모양이었다.

"어딜 갔다 왔어. 신랑은 사경을 헤맸는데."

"엄마랑 통화도 했고 편의점에서 뭐 좀 샀어. 그런데 하필 그때 깨냐."

"애들은?"

"다 큰 놈들인데 뭘 걱정이야. 아까 왔다 갔어. 내일부터 시험 기간이라서 내가 보냈어."

"아… 아프네."

윤선아의 이야기를 들으며 몸을 일으키려던 박강호가 풀썩 다시 누우며 비명을 질렀다.

가만히 있을 때는 아무렇지 않던 몸이 움직이자 고통을 호소했기 때문이었다.

"바보같이 금방 수술한 사람이 왜 움직여? 가만있어!"

"의사는 만나봤어?"

"수술… 아주 잘됐단다. 내가 우리 신랑 살려줘서 고맙다고 박카스 사다 줬어."

"그놈 내가 일어나기만 하면 가만두지 않을 거야."

"왜?"

의문을 나타내는 윤선아를 향해 박강호가 수술 때 있었던 일을 이야기해 줬다.

그러자 윤선아가 부들부들 떨면서 입에 거품을 물기 시작했다.

"이씨, 그래서 그렇게 야들야들한 목소리로 내시처럼 떠들었구나. 어쩐지 특실을 잡아줄 때부터 알아봤어야 했는데 이걸 그냥 꽉!"

"이 병실 병원에서 잡아준 거야?"

"응."

"왜 잡아주는지 물어보지도 않았어?"

"병실이 여기밖에 없다고 하더라. 그래서 그러라고 했지. 난 비싸지 않냐고 했더니 일반 병실 비용을 받을 테니까 안심하고 쓰라는 거야."

"이것들이 아부를 하는군."

"고소할까?"

"정말 수술은 잘됐대?"

"그건 걱정 말래. 기가 막히게 됐다고 큰소리치더라."

"음, 그렇다면 봐줄까?"

"당신이 고생한 거 생각하면 한 대 때려주고 싶은데 그 사람이 대장 쪽에서는 권위자래. 그래도 당신 살려줬는데 한번 봐주자."

수술 전에는 금방이라도 죽을 것 같았던 윤선아는 박강호가 무사히 병실로 돌아오자 마음이 넓어진 모양이었다.

하긴 아직 병원을 벗어난 게 아니었고 수면 마취가 사람에 따라서 깨기도 한다는 말을 들었기 때문에 의료사고도 아니란 판단이 들었으니 그럴 만도 했다.

의사가 병실로 들어온 것은 두 사람이 수술에 관한 이야기로 시간을 보내고 있을 때였다.

문을 열고 들어선 의사는 곧장 다가와 질문부터 던졌다.

"지금 어떠십니까?"

"배가 당기고 움직이면 아픕니다."

"생살을 긁어냈기 때문에 당연한 현상입니다. 수술은 잘되었으니까 금방 좋아질 겁니다."

"언제 퇴원하나요?"

"이틀 정도만 계시면 됩니다. 내일부터는 흰죽이 나올 테니 식사하세요. 오늘 마취가 깨서 고생 많으셨습니다. 그래도 잘 참아주셔서 수술을 잘 마무리할 수 있었습니다."

"조직 검사 결과는 언제 나오죠?"

"그건 일주일 정도 걸릴 것 같습니다. 상세히 검사해야 되기 때문에 생각보다 시간이 많이 걸리니까 기다리셔야 할 것 같습니다."

"생각보다 오래 걸리는군요."

"좋은 결과가 있으면 좋겠습니다. 저는 의사로서 선생님을 다시 보지 않길 진심으로 바랍니다. 그럼 몸조리 잘하세요."

다음 날이 되자 회사에서 수많은 직원들이 방문했다.

천하물산의 사장부터 기획본부장과 상무들이 줄줄이 찾았고 기획실 직원들도 완쾌를 바라는 꽃다발을 들고 병실로 들어섰다.

대부분 점심시간을 이용한 방문이었다.

의외의 방문객이 찾아온 것은 오후 3시 무렵이었다.

병실 문을 열고 들어선 유태희를 바라보며 박강호는 불편함에도 몸을 일으킬 수밖에 없었다.

"회장님께서 어쩐 일로……."

공식적인 자리는 아니었지만 박강호의 입에서는 이름 대신 그녀의 직위가 자연스럽게 흘러나왔다.

유태희는 천하그룹의 공동 회장으로 그녀의 오빠와 그룹을 양분해서 이끌어 나가는 총수가 되어 있었기 때문이었다.

그녀의 출현에 위문을 와 있던 기획실 직원들이 기절할 것 같은 표정으로 어쩔 줄 몰라 했다.

텔레비전에서나 볼 수 있던 천하그룹 총수의 출현은 그들을 패닉 상태로 몰고 가기에 충분한 것이었다.

유태희는 혼자 들어왔으나 그녀의 비서진은 병실 외곽을 완전히 통제하고 있을 게 뻔했다.

하지만 병실로 들어선 그녀는 태연한 모습으로 다가와 몸을 일으키는 박강호를 다시 눕게 만들었다.

"그대로 있어요. 수술한 사람이 뭐하러 일어나요?"

"그래도……."

"난 지금 천하그룹 회장으로 온 게 아니라 강호 씨 친구로 온 거니까 편하게 대해주면 좋겠네요."

"알았습니다."

어느새 병실에는 세 사람만 남아 있었다.

그녀가 들어오는 순간 의전 비서의 눈짓에 의해 직원들이 모두 병실을 빠져나갔기 때문이었다.

유태희에 대해서 박강호는 지금까지 윤선아에게 한 마디도 한 적이 없었다.

미안한 행동은 하지 않았으나 친구로 지낸다는 사실을 알았을 때 윤선아가 힘들어할 수도 있기 때문이었다.

큰일 났다.

미리 말해놨다면 빠져나갈 구멍이 있었겠지만 유태희가 불쑥 친구라는 말을 꺼냈기 때문에 이젠 두고두고 윤선아에게 심문을 받아야 할지도 몰랐다.

유태희는 마누라가 관계를 의심할 수 있을 정도로 아직도 충분히 매력적이었다.

그랬기에 박강호는 정면 돌파를 시도했다.

"회장님, 저희 집사람입니다."

"안녕하세요, 유태희입니다."

"윤선아예요. 직접 이렇게 찾아주셔서 감사합니다."

"뭘요. 강호 씨와 저는 오래된 친군데 어떻게 오지 않을 수 있겠어요. 그나저나 세상에서 가장 매력 있는 남자를 차지한 분을 이제야 만나게 되는군요. 들은 것처럼 정말 아름다우시네요."

유태희는 거의 30분 가까이 병실에 있으면서 이런저런 이야기를 하다가 갔다.

천하그룹의 총수가 막상 직접 병원까지 찾아오자 윤선아는 그녀가 간 후로도 오랫동안 긴장감을 푸느라 애를 써야 했다.

천하그룹의 총수.

유태희는 천하전자를 포함해서 이십여 개의 계열사를 이끄는 신화적인 존재였기 때문이었다.

언론에서는 그녀를 철혈의 여인으로 표현하고 있었다.

하버드를 졸업하고 곧바로 평사원으로 입사해서 사장에 오른 후 맡은 계열사마다 막대한 영업 신장을 이뤄낸 그녀는 천하그룹의 총아로 불리기 충분했다.

막상 눈앞에서 보자 유태희는 텔레비전 화면에서 본 것보다 훨씬 아름다웠다.

같은 나이임에도 그녀의 피부는 매끄러웠고 저절로 흘러나오는 기품은 사람을 압도하기에 충분했다.

윤선아가 정신을 차리고 박강호를 쩨려본 것은 병실에 아무도 없었을 때였다.

"친구라고? 어떤 친군데? 회장님하고 당신하고 어떻게 친구냐니까?"

"내가 신입 직원으로 입사했을 때 저분이 기획실 팀장으로 근무하셨어. 아마, 그래서 그런 표현을 하신 것 같아."

"정말이야?"

"그렇다니까."

"이상하네. 아무리 그렇다고 해도 친구라는 표현을 쓴 건 이상해. 더군다나 회장님이 일개 상무가 입원했는데 찾아온 것도 이상하고……."

윤선아는 의문을 풀지 못한 것 같았지만 박강호가 인상을 쓰면서 앓는 소리를 하자 더 이상 추궁을 하지 않았다.

여자의 직감이 이상한 쪽으로 맹렬하게 가동되었지만 지금 그것보다 더 중요한 것은 박강호의 건강이었다.

집으로 돌아온 후 일주일 동안 흰죽으로 연명하며 결과를 기다렸다.

결과를 기다리는 그 시간이 너무나 초조했고 무서울 정도로 지루했다.

만약 암이라는 판정이 내려지면 박강호는 또다시 입원을 해서 커다란 수술을 받게 될 것이다.

그때는 정밀 진단을 통해 대장을 샅샅이 훑어야 하고 그 결과에 따라 수술할 범위를 결정한다.

문제는 단순히 수술을 해야 한다는 것이 아니라 추후에 있을 발병에 대비해야 된다는 것이었다.

암에 걸린 신체는 언제 어디서 재발할지 모르기 때문에 수시로 병원을 찾아야 하고 재발이 되었을 경우에는 목숨을 잃는 경우도 허다했다.

초조했던 일주일이 지나고 다시 병원을 찾았다.

꼭 사형수가 판결을 기다리는 심정.

그렇다.

병원으로 들어서서 담당 의사의 방에 들어서는 박강호와 윤선아의 표정은 사형수가 판결을 듣기 위해 법정에 들어서는 것과 비슷했다.

두 사람이 들어서자 의사가 박강호를 보며 의자를 가리켰다.

그의 표정은 두 사람과의 기대와는 달리 그렇게 밝아 보이지 않았다.

"어서 오십시오. 앉으세요."

"결과를 보러 왔습니다."

"그렇지 않아도 선생님의 경우는 악성에 가까워 상세히 분석해야 되었기 때문에 어제서야 결과가 나왔습니다."

"어떻습니까?"

"다행히 암세포는 아니었습니다. 그러나 거의 근접될 정도로 좋지 않았던 것은 사실입니다."

"아……."

"아마, 조금만 늦었더라도 암으로 발전할 가능성이 컸었습니다. 다행스러운 일이지요."

"감사합니다. 감사합니다……."

의사의 말에 잔뜩 긴장하고 있던 윤선아가 고개를 숙이며 인사를 했다.

그녀의 표정은 그야말로 죽다 살아난 사람처럼 안도감으로 가득 차 있었다.

"이제 가시면 운동도 하시고 체력 관리도 하십시오. 그리고, 2년에 한 번씩은 꼭 대장내시경을 받으세요. 한번 이런 용종이 생겼으니 다시 발생할 가능성이 큽니다. 지금처럼 조기 발견을 하게 되면 큰일은 생기지 않을 테니까요."

"알겠습니다. 꼭 그렇게 하겠습니다."

박강호는 수술의 후유증에서 빠르게 회복했다.

윤선아가 몸에 좋다는 것은 전부 구해서 해 먹였고 스스로도 담배를 끊으며 건강을 챙겼기 때문에 금방 그는 일상으로 복귀할 수 있었다.

하지만, 그가 건강을 찾았을 때 슬픈 소식이 날아들었다.

요양원에 계신 어머니가 위독하시다는 전갈이었다.

사람의 삶이란 것은 파도의 연속인 모양이었다.

겨우 하나의 고비를 넘기자 또 다른 슬픔이 거칠게 다가왔다.

박강호는 정신없이 차를 몰아 용인에 있는 요양원으로 달려갔다.

어머니는 어느 날 화장실에서 넘어지면서 뇌출혈을 일으켰을 때부터 치매 증상을 보이기 시작했다.

그러더니 점점 심해져 박강호를 알아보지 못하는 지경에 이르렀다.

큰형은 어쩔 줄 몰라 했다.

형수의 고생은 이루 말할 수 없었고 어머니가 집을 나가는 바람에 온 가족이 미친 듯 찾아 헤맨 것도 한두 번이 아니었다.

어머니는 대소변도 가리지 못했기 때문에 형수는 잠시도 어머니 곁을 떠날 수가 없는 삶을 살아가고 있었다.

1년이 넘는 동안 매달 내려왔으나 어머니를 볼 때마다 괴로움이 찾아왔다.

내려올 때마다 형수에게 돈을 쥐여줬다.

어머니로 인해 고생하는 형수에게 좋은 옷과 맛있는 것을 사 먹으라는 성의였다.

그러나 시간은 그런 모든 것을 부질없게 만들었다.

형수의 고통을 돈으로 보상한다는 것은 박강호의 양심을 점점 수렁 속에 빠뜨렸기 때문이었다.

박강호는 어머니를 요양원에 보내자며 큰형을 설득했다.

큰형은 절대 그럴 수 없다며 울었으나 박강호는 도저히 더 이상 큰형 부부의 고통을 못 본 체할 수 없었다.

그랬기에 직접 어머니를 태우고 용인에 있는 요양원으로 모셨다.

고속도로를 가는 동안 오래도록 박강호를 알아보지 못했던 어머니가 입을 여셨다.

전혀 상상하지 못했던 일이었다.

"강호야, 엄마 버리지 마. 나 집에서 살고 싶어."

너무 놀라 뒤를 바라보는 바람에 핸들이 꺾이면서 커다란 사고가 날 뻔했다.

그러나 어머니는 멍하니 앞만 바라보며 같은 말을 되풀이하고 계셨다.

"그러지 마라, 강호야. 엄마 버리지 마……."

중얼거리는 어머니의 목소리를 들으며 운전하던 박강호의 입에서 기어코 통곡이 터져 나왔다.

어머니.

어머니를 버리는 것이 아니에요.

죄송합니다.

이렇게 하지 않으면 큰형 부부가 너무 불쌍하잖아요.

운전이 어려워질 만큼 많은 눈물이 흘러내렸다.

평생을 아버지와 자식들을 위해 헌신한 어머니.

아니라고 많은 변명을 대고 있었지만 결국 어머니를 버리는 것과 같은 짓을 자신이 하고 있었다.

옆자리에 있던 윤선아가 입을 연 것은 박강호의 눈물이 줄어들지 않았기 때문이었다.

"여보, 차 돌려. 집으로 가자."

"……."

"내가 모실게. 내가 어머니 돌아가실 때까지 모실게. 그러니까 울지 마."

"그럴 수는 없어."

"아니야. 나 충분히 할 수 있어. 당신이 마음 아파서 힘들어하는 것보다 내가 조금 고생하는 게 나아."

"안 돼."

안다.

천사처럼 착한 마음을 가진 윤선아는 그토록 강했던 남편이 울음을 터뜨리며 아파하는 것을 도저히 지켜볼 수 없었을 것이다.

하지만 박강호는 이를 악물고 고개를 흔들었다.

그 역시 어머니를 집으로 모셔 가고 싶었다.

하지만 그렇게 하기에는 어머니의 상태가 너무 심했기 때문에 윤선아의 말을 들어줄 수 없었다.

어머니를 집으로 모셔가는 순간 윤선아는 지옥을 맛보게 될 것이 뻔했다.

두 달 만에 본 어머니는 너무 말라 있었다.

수술을 받고 병원에 입원하느라 어머니를 뵙는 걸 한 번 걸렀을 뿐인데 어머니는 그사이 밥도 드시지 못했다고 한다.

천천히 다가가 손을 잡자 겨우 눈을 뜨고 있던 어머니의 입이 간신히 열렸다.

"누구요?"

"어머니, 저예요. 강호가 왔어요."

박강호가 소리를 질렀다.

어머니는 나이가 드시면서 귀가 잘 들리지 않았다.

벌써 여든여섯이나 되셨으니 당연한 일이었지만 그때마다 마음이 아팠다.

어머니는 박강호의 외침에 잠시 바라보기만 했을 뿐 슬그머니 눈을 감았다.

잠시 어머니의 곁을 지키다가 누나들에게 병상을 맡겨놓고 의사를 찾았다.

정확한 상태를 알아봐야 했다.

큰형에게 전화를 받았지만 어머니가 어떤 상태인지 알아볼 필요가 있었다.

정신은 없으셨지만 그저 살아계시는 존재만으로도 마음의 위안이 되는 분이셨다.

조금이라도 더 사실 수만 있다면 어떤 짓이라도 할 의향이 있었다.

하지만 의사는 고개만 흔들 뿐이었다.

당뇨가 심해져 발톱이 썩었고 피부에는 종양들이 자라고 있다는 것이었다.

하지만 결정적인 것은 그런 병마들이 아니라 오랜 세월 겪어온 풍상이었다.

노환.

그렇다, 어머니는 당신께서 하늘에 계신 누군가에게 허락받은 삶을 다 사셨던 것이다.

의사는 하루를 더 버티기 어려울 거라 말했다.

어떤 조치도 이제는 해봤자 소용없으니 어머니의 마지막 가는 길을 자식들이 놓치지 말라는 말을 했다.

어머니의 죽음은 그로부터 열 시간을 채 넘기지 않았을 때 찾아왔다.

박강호가 누나들과 대화를 나누다가 병실에 들어왔을 때 어머니는 거짓말처럼 눈을 뜨고 계셨다.

예전의 그 흐린 눈이 아니었다.

그리고 그 눈에는 반가움이 담겨 있었다.

"우리… 강호… 왔구나."

"어머니, 저를 알아보시겠어요?"

"그럼… 우리 아들인데… 헉… 헉."

"어머니! 강호야, 어머니가 이상하다. 빨리 네 누나들을 불러라!"

어머니의 호흡이 거칠어지기 시작하자 큰형의 목소리가 올라갔다.

그랬기에 박강호는 달려 나가 휴게실에 있는 누나들과 매형, 그리고 윤선아를 보며 들어오라고 소리쳤다.

박강호가 다시 병원으로 들어왔을 때 어머니는 큰형의 손을 잡고 마지막 말씀을 남기고 계셨다.

"강석아, 그동안 못난 엄마… 거두느라… 고생했다. 너희들도……. 헉… 헉……."

어머니의 눈이 누나들을 향했다.

그런 후 천천히 박강호에게 돌아왔다.

"강호야, 너 때문에 엄마가 참 많이 행복했다……. 우리 잘난 아들 고마워……."

"어머니!"

"이젠 아버지한테 가련다. 헉… 헉… 너희 아버지가 날 많이 기다렸을 거야……."

어머니는 그 말을 남기고 조용히 눈을 감으셨다.

온 가족이 어머니를 부르며 통곡을 터뜨렸으나 더 이상 어머니는 아무런 말씀이 없으셨다.

어머니의 장례는 고향에서 치러졌다.

대학 병원이 아니라 고향에서 제일 큰 장례식장을 통째로 빌렸다.

박강호의 사회적인 위치는 아버지가 돌아가신 부장 때와는 또 달랐기 때문에 장례식장은 천하물산의 직원들과 관련 업체 임원들, 그리고 그동안 쌓아왔던 인맥들로 인해 인산인해를 이루었다.

장례식이 치러지는 2일째는 더욱 많은 사람이 찾아왔다.

정계와 관계의 인사들이 대거 등장했는데 장례식장을 직접 찾은 국회의원만 해도 다섯이었고 보좌관을 보내온 사람도 여럿이었다.

기재부와 통산부에서도 국장 이상의 간부들이 대거 찾아와 조문을 했다.

정계와 관계의 인사들이 일개 그룹 계열사의 임원 상가를 찾는 것은 이례적인 일이었기에 천하물산의 임직원들은 그들이 도착할 때마다 놀라움을 감추지 못했다.

천하물산에서 은밀하게 떠도는 소문.

박강호가 차기 본부장 1순위로 꼽히는 것은 그의 인맥이 대단하기 때문이라는 소문이었다.

그리고 그것은 박강호의 장례식장에 수많은 정, 관계, 언론계의 사람들이 찾아오면서 증명되었다.

상상하지 못할 정도의 인맥.

천하물산 직원들이 직접 눈으로 확인한 박강호의 인맥은 그중 하나만 있어도 회사에 큰소리를 칠만큼 대단한 것이었다.

하지만 직원들이 입을 벌린 채 놀라움 자체를 잃어버릴 만큼 충격에 빠진 것은 천하그룹의 공동 회장인 유태희가 그날 오후 직접 장례식장에 나타났기 때문이었다.

미리 와 있던 천하물산 사장이 직접 나가서 그녀를 영접했고 국회의원과 산통부의 국장들이 자리에서 일어나 그녀를 마중했다.

유태희를 마중하는 그들의 표정은 더없이 정중해서 마치 대통령을 맞이하는 것과 비슷할 지경이었다.

박강호가 병원에 입원했을 때 그녀가 위문을 왔다는 소문은 이미 온 회사에 파다하게 퍼진 상태였다.

두 사람의 관계를 모르는 직원들은 온갖 추측을 하면서 삼삼오오 모일 때마다 화제로 삼곤 했다.

하긴. 직원들의 눈으로 봤을 때 정말 이상한 일이었을 것이다.

어릴 적 신입 사원과 팀장으로 만난 인연이 있다 하더라도 박강호가 큰일을 당할 때마다 그녀가 나타났기 때문이었다.

도대체 어떤 관계일까.

어떤 관계이길래 그 대단한 위치에 있는 그녀가 차로 세 시간이나 걸리는 이곳까지 온단 말인가.

그러나 정작 더욱 그들을 미칠 정도의 궁금증에 빠뜨린 일은 그다음에 일어났다.

제45장
간절히 원했던 꿈

　유태희는 영정 앞에 조용히 나아가 향을 지피고 물러서더니 한참 동안 사진을 바라보았다.

　액자 속의 할머니는 더없이 촌스러운 얼굴을 가지고 있었으나 어딘지 모르는 순박함이 박강호의 표정과 겹쳐 보였다.

　분향소에 들어오면서 박강호의 얼굴부터 확인했다.

　얼마나 울었던 것일까.

　그의 얼굴은 퉁퉁 부어 있었고. 피곤함과 슬픔으로 찌들어 있었다.

　오래전 박강호의 아버지가 돌아가셨을 때도 눈물이 나왔다.

　하지만 그때는 이를 악물고 참았다.

　그녀의 사회적인 위치와 박강호와의 관계가 왜곡되어 소문이 나는 것을 막기 위함이었다.

그녀의 소망대로 박강호와 결혼할 수만 있었더라면 사진 속의 영정은 시어머니란 이름으로 불리었을 것이다.

아니다, 지금도 마찬가지다.

그녀가 살아온 인생에서 사랑했던 남자는 오직 박강호뿐이었으니 사진 속에 있는 여인은 어머니라 불리기에 충분했다.

'어머니, 안녕히 잘 가세요.'

절을 하면서 그렇게 말했다.

그러자 그녀도 모르게 눈물이 흘러나오기 시작했다.

감정을 억누르려는 노력은 하지 않았다.

이제는 누군가의 눈치를 보면서 살 나이가 지났고 원하던 자리에 올랐으니 자신의 감정에 충실하고 싶었다.

사랑하는 사람.

이제는 자신의 사랑을 내보이지 못하는 상대였기에 더 슬펐다.

그럼에도 사랑한다. 그가 어떤 사람이고 어떤 삶을 살아가느냐는 중요하지 않았다.

평생을 한 남자만 가슴에 품고 살아온 인생이었다.

그랬기에 그 남자의 슬픔과 불행은 자신의 것이나 다름없는 것이었다.

절을 마친 후 한참 동안 일어서지 않은 채 눈물만 흘렸다.

뒤쪽에서 자신이 조문을 끝내고 나오기를 기다리던 사람들의 웅성거림이 고스란히 들려왔으나 그녀는 한동안 꼼짝하지 않았다.

얼마나 시간이 지났을까.

자리에서 일어나 상주들을 향해 맞절을 한 유태희는 박강호를 향해 다가갔다.

"강호 씨, 너무 슬퍼하지 마세요."

"…감사합니다."

유태희의 말에 대답을 하면서도 박강호는 웅성대는 사람들로 인해 조급증을 느꼈다.

하지만 유태희는 전혀 사람들을 신경 쓰지 않은 채 눈물을 멈추지 않았다.

그러면서도 그녀는 박강호를 걱정했다.

"많이 울었군요. 얼굴이 알아볼 수 없을 정도로 부었어요."

"…회장님, 사람들이 기다립니다."

"강호 씨, 너무 슬퍼하지 않았으면 좋겠어요. 어머니께서도 그러기를 바랄 거예요. 강호 씨는 세상의 그 어떤 아들보다도 훌륭했으니까요."

유태희를 마중하고 뒤쪽에서 조문이 끝나기를 기다리던 천하물산 사장 이창래는 잔뜩 긴장된 얼굴을 하고 있었다.

그녀가 병원에 왔었다는 첩보를 들은 적이 있었지만 설마 장례식장까지 올 줄은 생각하지 못했다.

물론 예전 사장직에 있을 때 박강호의 부친상에 왔다는 사실도 들었으나 그때와는 상황이 너무나 달랐기 때문이었다.

천하그룹을 이끌어가는 쌍두마차의 한 명임과 동시에 대한민국 경제계를 송두리째 뒤흔들 수 있는 여인이 바로 유태희였다.

뒤에서 많은 직원이 초긴장 상태에서 그녀가 조문하는 것을 지켜보고 있었다.

물론 대부분 일반 직원이 아니라 임원급들이었다.

거기에는 유태희와 안면이 있는 국회의원과 통산부의 국장들도 몇몇 섞여 있었다.

그들은 그녀가 조문을 마치고 나오면 서로 모시기 위해 대기하고 있었던 것이다.

이창래는 S대 출신으로 자신의 후배이자 오른팔 격인 영업본부장 이상과 함께 서 있다가 유태희가 향을 피운 후 뒤로 물러서는 것을 보면서 입을 열었다.

그는 그녀가 이곳에 온 이유에 대해서 긴장 속에서도 의문을 감추지 못했다.

"이 본부장, 자네가 봤을 때 회장님이 왜 온 것 같냐? 천하물산은 자기 직계도 아닌데 말이야."

"과거의 인연 때문 아니겠습니까?"

"과거의 인연이라. 박 상무하고 관계가 이상했다는 소문은 있었지……. 그래도 이건 아닌데……."

이창래가 상주석에 서 있는 박강호를 바라보며 슬쩍 인상을 썼다.

기획본부장이 다음 달 사표를 쓰면서 공석이 생긴다.

박강호는 능력이 뛰어나고 수많은 인맥으로 회사에 기여하는 바가 컸지만 그는 직속 후배인 영업처장을 차기 본부장으로 염두에 두고 있었다.

나이도 많았고 박강호보다 임원 진급도 빨랐으니 충분히 명분은 있다.

박강호가 눈에 밟혔으나 학맥의 힘은 대단해서 수많은 선후배들이 압박을 가해왔기 때문에 그로서도 어쩔 수 없는 일이었다.

그리고 그 선두에 서 있는 사람이 바로 옆에 있는 이상이었다.

이상은 틈이 날 때마다 영업처장을 본부장으로 진급시켜야 한다며 선배들의 충고를 계속해서 전달해 왔다.

그 역시 학교의 힘으로 사장 자리까지 올랐으니 절대 그것을 무시할 수 없는 입장이었다.

하지만 그런 그의 마음은 유태희가 절을 끝내고 눈물을 흘리면서부터 얼어붙기 시작했다.

"울어… 이 본부장, 회장님 지금 울고 계신 거지?"

"헉… 맞는 것 같습니다."

"어허, 미치겠군."

이상도 놀랐던지 말이 입안에서 맴돌며 나왔다.

유태희는 한동안 일어서지 않고 있었는데 그 모습은 커다란 슬픔 속에 빠져 있는 것이었다.

그랬기에 이창래는 묵묵히 그 모습을 바라보다 이상을 향해 고개를 돌렸다.

"너도 봤지? 다시는 나한테 다른 소리 하지 마라. 이번에 박강호를 진급시키지 않으면 너나 나나 한 방에 갈 수도 있겠다."

어머니를 떠나보낸 슬픔이 채 가시기도 전에 박강호는 기획본부장으로 승진하는 영광을 안았다.

대부분의 직원들이 그를 본부장 진급 1순위로 꼽았지만 그렇지 않은 직원들도 상당수가 있었다.

영업처장이 사장의 직계라는 사실은 박강호의 승진을 가로막는 암초로 작용하기에 충분했기 때문이었다.

하지만 막상 박강호의 본부장 승진을 제일 먼저 거론한 것이 사장이었다는 소문이 자자하게 퍼지면서 그런 생각들은 일거에 사라져 버렸다.

학맥보다 능력을 우선시한다는 평소 사장의 지론이 결과로 나타났다면서 직원들은 이창래의 결단에 무언의 지지를 보냈던 것이다.

기획본부장.

천하물산 기획본부장의 위치는 그야말로 무소불위의 권력을 지닌다.

물론 사장이 위에 포진하고 있지만 각종 중요한 사안에 대해서 전결권을 행사할 뿐만 아니라 회사 내의 인사권에도 핵심적인 역할을 하기 때문이다.

박강호는 본부장으로 승진하면서 천하물산에 뿌리 깊게 심어져 있는 학맥을 타파하기 위해 노력했다.

많은 반대에 부딪쳤지만 회사가 잘되기 위해서는 어떤 난관도 뚫고 나갈 생각이었다.

세월이 지나면서 천하물산에도 새바람이 불었다.

삼십 년 전에는 S대를 비롯해서 대한민국을 장악하고 있는 명문대와 해외 유학파가 회사에 그득했지만 세월이 흐르자 점점 타 대학 출신들의 비율이 많아지기 시작했다.

그럼에도 학맥의 힘은 대단해서 언제나 승진 때만 되면 그들만의 리그가 되는 경우가 대부분이었다.

박강호는 그렇게 되면 안 된다는 신념을 가졌다.

몇몇 학교 출신들이 아니면 승진이 되지 않는다는 현실은 수많은 직원들을 절망의 나락에 빠뜨리게 될 것이고 그것은 곧 천하물산의 경쟁력을 약화시키는 결과로 나타나기 때문이었다.

그랬기에 그는 본부장이 된 그해 인사 철이 되자 부장 진급자의 절반을 비주류 대학 출신들로 채웠다.

사장인 이창래는 그의 제안을 거부하지 않았기 때문에 인사는 그의 신념대로 이루어질 수 있었다.

박강호가 천하물산의 반을 차지하고 있는 비주류 대학 출신 직원들의 영웅으로 자리 잡은 것은 그때부터였다.

학맥보다 능력을 중시해야 된다는 그의 지론은 사장의 코드와 조화되면서 천하물산의 인사 시스템에 막강한 영향력을 행사했고 그것은 곧 비주류 대학 출신들에게 희망과 꿈을 심어

주는 촉매제가 되었다.

"또 그 소리야. 도대체 왜 집을 팔자는 거야?"

"아무래도 그래야 될 것 같아."

"싫어요. 난 이 집이 좋아!"

윤선아가 두 눈을 찡그리며 박강호의 말에 반대를 해왔다.

그녀는 예쁘게 단장된 하천이 내려다보이는 이 집을 너무나 사랑해서 그동안 이사한다는 자체를 전혀 생각하지 않았다.

정자동은 그들이 이사한 후 부동산 사장의 말처럼 분당의 핵심으로 떠오르면서 집값이 무려 세 배나 뛰었다.

그럼에도 집을 사겠다는 사람들이 줄을 이을 정도로 인기가 있었다.

주변에는 맛집이 그득한 카페거리가 형성되어 있었고 잘 정비된 도로와 지하철까지 사람이 살기에는 최적의 장소였기 때문이었다.

하지만 박강호는 천하물산 전략팀의 부동산 동향 보고서를 본 후 집을 팔아야겠다는 결심을 굳혔다.

전략실이 향후 2년 후부터 부동산 경기는 내리막을 걸을 것이고 그 골이 상당히 깊을 거란 판단을 내리고 있었던 것이다.

그랬기에 그는 윤선아를 계속해서 설득했다.

"여보, 앞으로 부동산 시장이 내리막길을 걷는대. 우리 집값 많이 올랐으니까 이때 팔아야 돼. 그렇지 않으면 우린 많은 손해를 볼지도 몰라."

"부동산 시장이 왜 내리막길을 걸어? 지금 한참 좋잖아?"

"공급과잉이래. 건설사들이 아파트 경기가 좋으니까 너도나
도 뛰어들어서 분양 물량이 흘러넘친대. 쉽게 말해서 지금 폭
탄 돌리기가 진행 중이라는 거야."

박강호가 다시 얻은 정보를 천천히 설명해 줬다.

그동안 가사를 하면서도 윤선아는 나름대로 박강호의 말을
들은 후 인터넷을 통해 검색을 했기 때문에 어느 정도 알아듣
는 표정이었다.

물론 그 이면에는 박강호의 지속적인 설득이 먹혀 들어간 것
도 있었다.

인터넷에서는 서서히 공급 과잉에 대한 기사가 나타나기 시
작했던 것이다.

"그럼 우린 어디 가서 살아?"

"일단 수지 쪽에서 전세를 살자. 그러다가 경기가 내리막길
을 걷게 되면 광교로 가는 게 좋겠어. 분당은 너무 낙후되어서
새로 형성되는 광교로 가면 좋을 것 같아."

"광교가 어딘데?"

"수지 옆이야. 국내에서 제일 큰 호수공원까지 만들어진다니
까 걷는 거 좋아하는 당신한테는 정말 좋은 곳일 거야. 내가
호수 전망이 한눈에 보이는 곳으로 새 집을 사줄게."

"내가 이 사람 말에 또 혹하는군. 아… 난 너무 귀가 얇아서
탈이야."

"정말 이 집보다 훨씬 예쁘고 좋은 곳으로 갈 테니까 내 말

따라줘."

"할 수 없지. 가긴 싫지만 신랑이 그렇게 우기는데 어쩌겠어
요. 알았으니까 당신 결정대로 하세요."

윤선아의 허락이 떨어진 후 곧바로 박강호는 집을 부동산에
내놨다.

집을 살 때의 가격이 9억이었는데 판 것은 26억이었다. 그럼
에도 집을 내놓자마자 곧바로 사겠다는 사람이 나타났다.

워낙 사고 싶어 하는 사람들이 많았던 아파트였기 때문에
집은 내놓은 지 한 달 만에 팔렸다.

집을 팔고 수지로 이사를 했다.

부동산 경기가 나빠질 거란 예상을 했기 때문에 윤선아에게
한 말처럼 집을 사지 않고 전세를 얻었다.

전략실의 분석은 정확해서 2년 정도 지나자 집값이 무섭게
내려가기 시작했다.

버블세븐이라고 불리는 지역은 물론이고 서울을 비롯해서
전국적으로 부동산 폭락 사태가 연출되었던 것이다.

박강호는 부동산 시장이 바닥이라고 생각되었을 때 광교의
분양권을 사들였다.

아름다운 호수공원이 한눈에 보이는 아름다운 아파트였다.

한때는 프리미엄이 무려 3억까지 붙었다던 아파트를 분양가
에 샀다.

그만큼 아파트 경기는 형편없이 진행되어 사방에는 매물이

흘러넘치고 있었다.

그로부터 1년 후 박강호는 새 아파트를 단장해서 윤선아에게 선물해 주었다.

이제 막 지어지는 신도시다 보니 사방에 공사장이 산재되어 있었으나 아름다운 호수는 윤선아를 황홀경에 빠뜨리기에 충분했다.

"여보, 저기 봐. 호수에 불도 들어와."

"그러네. 무지개를 본떠서 만든 것 같다. 너무 예쁜데. 우리 걸어볼까?"

"응."

이사한 날.

박강호와 윤선아는 이삿짐을 모두 정리한 후 호수공원을 걸었다.

세상이 온통 그들을 축하해 주는 것 같았다.

호수공원에 쏟아지는 달빛과 별빛.

호수에 가득 담긴 아파트의 불빛이 어우러져 마치 천상의 세계를 걷는 느낌이었다.

윤선아는 박강호의 손을 꼭 쥔 채 그 빛들을 바라보며 연신 감탄사를 터뜨렸다.

"역시 우리 남편이야. 이렇게 아름다운 세계로 나를 초대하다니 정말 사랑스럽다."

"어허, 참. 엉덩이 두드리지 말라니까. 사람들이 보잖아."

"예뻐서 그렇지⋯⋯."

윤선아는 습관처럼 박강호의 엉덩이를 두드리며 까르르 웃었다.

박강호가 펄쩍 뛰며 도망갔으나 그녀는 마치 어린아이처럼 그를 따라다녔다.

흰머리, 이젠 주름진 얼굴.

그럼에도 그들은 사랑을 숨기지 못하고 사람들이 보는데도 장난을 치며 즐거워했다.

"이번에 사장이 퇴직하면 누가 될 것 같아?"

"아무래도 영업본부장이 가장 강력하지 않겠어? 현 사장이 회장을 독대했다는 소문도 있거든."

한석율의 질문에 강병철이 술잔을 빙빙 돌리며 대답했다.

홍보실장 한석율은 해외사업처장 강병철과 함께 일식집에 앉아 술을 마시며 퇴진하는 이창래의 후임에 대해서 이야기를 나누고 있었다.

회사에서 사장이란 존재가 미치는 영향력은 그야말로 엄청나기 때문에 자신과 맥이 닿을 경우 승진을 포함해서 보직 인사에도 지대한 효과를 누릴 수 있다.

그랬기에 술잔을 마주한 그들의 대화는 다음 달에 퇴진하는 사장의 후임에 대해서 많은 관심을 기울일 수밖에 없었다.

한석율과 강병철은 박강호와 입사 동기로서 성격이 잘 맞아 친하게 지내는 사이였다.

물론 그 이면에는 신입 사원 시절 같은 기획실에서 커온 동지 의식이 깔려 있었고 핵심 부서에서 근무하면서 정보를 주고받은 동료 의식도 함께했기 때문에 그들은 오래전부터 이렇게 가끔가다 중요한 일이 생기면 술잔을 마주했다.

비워진 강병철의 술잔에 술을 따라주며 한석율의 표정이 묘하게 일그러진 것은 그의 대답을 긍정하지 못함에서 비롯된 것이었다.

"영업본부장은 직원들에게 인기가 없어. 너무 학연을 따지기 때문에 반발이 많단 말이지. 어쩌면 꼭대기에서 전혀 의외의 인물이 떨어질 수도 있다."

"물론 그럴 수도 있을 거야. 하지만, 지금까지 사장은 천하물산에서 커온 사람이 대를 이으며 해먹었어. 그러니까 회장도 쉽게 그러지는 못해. 집단으로 반발하는 것이 부담스러울 테니까. 그런 측면에서 봤을 때 이번 사장은 영업본부장이 될 확률이 커."

강병철이 다시 영업본부장을 밀었다.

그는 같은 학교 출신인 영업본부장이 사장으로 취임하기를 간절히 원하는 것 같았다.

하긴 그로서는 당연한 일일 것이다.

금년에 본부장으로 승진하지 못하면 그는 사표를 쓰게 될지도 모른다.

상무로 진급한 지 3년이 넘었기 때문인데 천하물산의 체제로 봤을 때 더 이상 견디기 어려워질 가능성이 컸다.

자식들 유학시키느라 노후를 준비하지 못한 그로서는 어떡하든 본부장으로 진급할 필요성이 있었다.

물론 한석율도 같은 처지였지만 그는 강병철보다 훨씬 여유가 있었다.

집안에 돈이 넘쳐흐르는 그의 입장에서는 당장 퇴직해도 아쉬울 게 하나도 없었기 때문이었다.

그랬기 때문인지 한석율은 풀썩 웃으며 슬쩍 말머리를 돌렸다.

"이젠 회장도 학연에 연연하지 않는다. 회사를 훌륭하게 이끌어 나갈 수 있고 조직원들에게 존경받는 사람을 앉히고 싶어 하지. 그런 측면에서 봤을 때 어쩌면 이번 사장에는 박강호가 유력할지도 몰라."

"씨발, 그놈 얘기가 여기서 왜 나와!"

한석율의 말에 강병철의 입에서 격한 반응이 튀어나왔다.

박강호는 자신과 달리 벌써 3년 전에 기획본부장에 올라 회사를 이끌어 나가는 중추 역할을 담당하고 있었다.

서울 변두리 대학 출신에 불과한 놈이 운과 아부 때문에 잘나간다는 생각에 그는 틈만 있으면 박강호를 씹어댔다.

그가 더욱 열 받아 하는 것은 천하물산 직원들의 존경을 박강호가 한 몸에 받고 있다는 것이었다.

한석율의 말처럼 회장이라면 뛰어난 기획력으로 회사의 매출을 대폭 신장시켰고 직원들의 신뢰를 받고 있는 박강호를 선택할 수도 있었다.

그러나, 그것은 머리로만 인식되었을 뿐 심장으로는 절대 받아들일 수 없는 일이었다.

한석율의 입에서 가슴을 더욱 무겁게 만든 말이 튀어나온 건 그가 거칠게 술잔을 비웠을 때였다.

"박강호는 불사조 같은 놈이야. 자네도 직접 눈으로 봤잖아. 당연히 도태될 거라고 생각했던 놈이 동기들 중에서 제일 먼저 부장을 달았고 임원도 마찬가지였어. 놈이 가진 인맥은 정말 무시무시하지. 그것뿐만이 아니야. 그놈과 유 회장 사이에는 우리가 알지 못하는 뭔가가 있다. 너한테는 듣기 싫은 소리겠지만 난 이번에 박강호가 사장에 올라갈 것 같은 예감이 들어."

유태희를 태운 차가 한남동의 거대한 주택에 도착하자 자동 셔터가 올라갔다.

거의 천여 평에 달하는 이 저택은 천하물산의 공동 회장으로 있는 유태성의 본가였다.

선대로부터 물려받아 살고 있는 이 집은 마당에 상당히 커다란 연못이 있었고 갖가지 꽃들과 정원수들이 아름답게 배치되어 한 폭의 그림을 보는 것과 같았다.

오늘은 그들의 아버지 제사가 있는 날이었기 때문에 유태희를 비롯해서 전 가족이 모여들었다.

가족의 숫자는 거의 삼십 명에 달했다.

유태희에게는 위로 오빠가 둘이 있었고 여동생도 한 명 있었는데 조카들까지 모두 결혼을 해서 제사가 있는 날이면 언제나 시끌벅적했다.

유태희가 도착하자 유태성이 직접 마중을 나왔다.

비록 유태희가 동생이었지만 그의 입장에서 유태희는 절대 소홀히 할 수 없는 존재였다.

유태희가 이끌고 있는 천하전자를 비롯해서 천하자동차와 천하건설 등은 유태성이 이끄는 천하물산과 천하해운 등에 막대한 영향력을 행사할 수 있었기 때문이다.

물론 그 반대로 생각해도 된다.

공생공사.

서로가 적이 되어 삐긋하는 날이면 천하그룹은 대한민국 재계 1위의 자리를 내놓게 될지도 몰랐다.

"어서 와라."

"오빠, 오랜만이에요."

"그렇구나. 가끔가다 놀러도 오고 그래라. 아버지 기일에만 본다는 건 너무한 거 아니냐."

"바쁘잖아요. 저도, 오빠도."

"험…험……."

유태희가 빤히 바라보며 미소를 짓자 유태성이 헛기침을 했다.

당연한 말이다.

한 달에 반은 외국이나 지방에 내려가서 올라오지 않는 사람이 바로 자신이었다.

그건 유태희도 마찬가지고 그런 측면에서 봤을 때 두 사람은 이런 때가 아니면 만나기가 극히 어려운 사람들이었다.

유태성을 따라 안으로 들어서자 벌써 도착해 있던 조카들이 일제히 인사를 해왔다.

그들에게 있어서 유태희는 단순한 고모나 이모가 아니라 생사여탈권을 지닌 절대자나 다름없는 사람이었다.

자식이 없는 유태희는 후계자가 없다.

당연히 외부인에게 천하그룹을 넘기지 않을 테니 조카들 중에서 능력이 뛰어난 사람을 후계자로 삼을 가능성이 컸다.

그랬기에 조카들은 그들은 어떡하든 유태희의 눈에 들기 위해 안간힘을 쓸 수밖에 없는 입장이었다.

유태희는 언제나 제사가 끝나면 금방 자리를 털고 일어나 돌아갔지만 이번에는 그렇게 하지 않았다.

"차 한잔할까요?"

"나와 단둘이 말이냐?"

"그래요."

유태희의 제안에 유태성의 눈이 오므려졌다.

동생이지만 유태희는 빈틈을 찾아볼 수 없을 정도로 완벽해서 언제나 부담이 되는 상대였다.

그녀를 데리고 서재로 간 유태성이 먼저 소파에 앉으며 입을 열었다.

"차 마실 테냐?"

"차는 됐고 거기 있는 물이나 한 잔 따라 주세요."

"그것 참. 차 마시자더니 물을 달라는구나. 누가 알면 내가

너를 물 먹였다고 놀리겠다. 안 하던 짓을 하는 걸 보니 나한
테 할 말이 있는 것 같은데?"

유태성이 농담을 건네며 물을 따라서 유태희에게 내밀었다.

하지만 얼굴에는 웃음이 매달려 있지 않았다.

오랜 세월 동안 남들 위에서 군림하며 살아온 경륜은 유태
희의 태도에서 뭔가 중요한 이야기가 나올 거라는 걸 직감하게
만들었기 때문이었다.

하지만 유태희의 표정은 여전히 여유로웠다.

"상훈이가 다음 달에 귀국한다면서요?"

"이번에 캘리포니아를 졸업했다. 너도 알다시피 거기가 경영
쪽에서는 세계 최고지."

"좋으시겠어요."

"좋긴 뭐가 좋아. 한 집안에 똑똑한 놈이 많으면 골치 아파
져. 난 이미 정훈이를 후계자로 삼기 위해 경영 수업을 시키는
중이다. 상훈이는 작은 계열사나 두어 개 맡겨서 살아가게 만
들 생각이다."

"그러지 말고 나한테 보내세요."

"그게… 무슨?"

"내가 잘 키워볼게요."

"정말이냐?"

"언제 내가 농담하는 거 보셨어요?"

유태성의 표정이 급격히 변했다.

키워본다는 의미가 무엇을 의미하는지 금방 알 수 있을 것

같았기 때문이었다.

유태희에게는 자식이 없었으니 자신의 둘째 아들 유상훈이 그녀의 밑에 들어간다는 것은 후계자가 될 가능성이 커진다는 것을 의미하는 것이었다.

그럼에도 유태성의 표정은 밝지 않았다.

사업을 하는 사람의 기본 원칙은 하나를 주면 하나를 받는다는 것이다.

천하그룹의 반 이상을 자신의 자식에게 줄 수도 있다는 제안은 그만큼 커다란 보답을 해야 된다는 뜻이다.

그랬기에 유태성은 물 잔을 들어 올리며 무겁게 입을 열었다.

"뭘 원하느냐?"

"이번에 천하물산 사장이 퇴직하는 거로 알고 있는데 맞나요?"

박강호는 사무실에서 임원진 회의를 하다가 그룹 회장의 소환 명령을 받았다.

기획본부 소속의 임원들은 회의 중에 날아온 전화 한 통에 사색이 되었는데 지금까지 회장 비서실에서 직접 연락이 온 적은 한 번도 없었기 때문이었다.

박강호가 자리를 뜨자 소문은 순식간에 퍼져 나갔다.

회장의 소환이 있다는 건 다음 주로 예정된 사장 인선에서 박강호가 강력한 후보자가 되었음을 알려주는 것이나 다름없었다.

그룹 본사에 도착해서 회장실로 올라가자 미리 연락을 받은 비서실장이 마중 나와 박강호를 안내했다.

천천히 걸어 마당처럼 넓은 비서실을 통과하자 묵직한 문이 양쪽으로 달린 회장실이 보였다.

"들어가시죠. 기다리십니다."

비서실장이 문을 열어주며 정중하게 인사한 후 물러섰다.

문을 통해 안으로 들어서자 무거운 분위기가 그를 맞이했는데 유태성은 거대한 책상에 앉아 있었다.

"찾으셔서 왔습니다."

"거기 앉아."

유태성이 턱으로 소파를 가리켰다.

그가 가리킨 곳에는 한눈에 봐도 무지무지하게 비싸 보이는 소파 세트가 집무실 중앙에 턱 놓여 있었다.

가볍게 묵례를 한 박강호가 소파에 앉자 유태성이 천천히 다가와 상석에 앉으며 인터폰을 눌러 비서에게 차를 시켰다.

아마, 준비하고 있었던 모양이었다.

인형처럼 생긴 비서가 차를 들고 들어온 것은 1분도 지나지 않아서였다.

"마시게."

"예."

유태성이 먼저 찻잔을 들자 박강호가 간단하게 대답만 한 후 똑같이 찻잔을 들어서 마셨다.

인삼차다.

인삼차는 쌉싸름한 쓴맛이 나지만 박강호는 그 맛을 느끼지 못했다.

그룹 회장이 자신을 부른 이유가 미치도록 궁금했으나 먼저 나서서 묻지 않았다.

오랜 세월이 지나면서 박강호도 늑대가 된 지 오래였다.

"내가 부른 이유가 궁금하지?"

"예."

"용건을 말하기 전에 하나 묻지. 자네 도대체 우리 태희와 무슨 관곈가?"

유태성의 질문에 박강호의 머리가 순간적으로 치켜 올라갔다.

그가 유태희를 언급할 줄은 꿈에도 생각하지 못했기 때문이었다.

머리가 빠르게 회전하면서 최적의 대답을 만들어냈지만 그는 쉽게 대답하지 못하고 유태성의 얼굴을 쳐다봤다.

그가 얼마나 알고 있는지 모르는 상황에서 함부로 이야기한다는 것은 어리석은 짓이 될 공산이 컸다.

박강호가 대답을 하지 않자 유태성의 말이 이어졌다.

"자네에 대해서는 어느 정도 알고 있었지. 태희는 나의 적이었기 때문에 항상 주의를 기울일 수밖에 없었으니까 말이야. 처음에는 둘이 사귄다고 생각했었어. 나도 그러기를 바랐고. 자네와 태희가 사귄다면 나는 어부지리를 얻을 수 있었거든.

그런데 내 판단과는 다르게 자네가 다른 사람과 결혼해 버리더군. 그래서 까맣게 잊고 있었는데 30년이 지난 지금 또다시 자네 이름이 나왔어. 말해보게. 자네는 태희와 무슨 관겐가?"

"저희는 친굽니다."

"친구?"

"옛날 어릴 적 인연으로 가끔가다 만나서 맥주나 한잔 나눠 마시는 친구 사이입니다."

"자네는 정말 재미있는 사람이구만."

"무슨 뜻인지 모르겠습니다."

"태희가 태어날 때부터 봐온 사람이 나야. 태희의 성격은 누구보다 내가 잘 안단 뜻일세."

"……."

"태희는 아무하고나 싸구려 맥줏집에 앉아 있을 사람이 아닐세. 아무래도 태희는 자네를 사랑하는 것 같은데 자네는 계속 모르는 척하는구만."

"저에게는 평생을 같이 살아온 아내가 있습니다."

"푸하하하… 그래서 재미있다는 거야. 자넨 잔인하면서도 영리하고 세상을 살아가는 법을 알아. 철저히 이용할 건 이용하면서 살아가니까 성공할 수밖에 없겠어."

"회장님께서는 제가 유태희 회장님을 이용했다는 뜻입니까?"

"내가 알아보니까 자네가 본부장으로 진급한 것도 태희의 영향이 컸더군. 그래도 시치미를 뗄 생각인가?"

"그게 무슨……."

"그 당시 사장은 자네 모친상에 찾아온 태희가 눈물까지 흘린 것을 보면서 무언의 압력을 받았다고 하더구만. 일종의 시위라고 생각한 거겠지. 아마, 그건 자네가 진급을 위해 만들어 놓은 퍼포먼스였을 거야. 안 그래?"

　"말도 안 되는 소립니다."

　"자네를 탓하려고 한 말이 아니라 칭찬을 하는 거야. 남자라면 그 정도 암계와 야망은 가지고 있어야 사내라고 불릴 자격이 있어. 태희가 며칠 전에 집에 와서 자네를 천하물산 사장에 앉혀달라는 부탁을 했네. 그래서 그렇게 하겠다고 했어. 나에게도 좋은 일이니까 흔쾌히 그러겠다고 했지. 태희의 약점을 잡고 있는 자네를 내가 데리고 있으면 많은 이익이 생길 테니까 말일세."

　"회장님!"

　"태희가 절대 비밀로 해달라고 했지만 자네에게 솔직히 말해 주는 건 한편이 되자는 제안을 하고자 함이야. 우리 같이 일하면서 천하그룹을 통일하고 싶은데 자네 생각은 어떤가?"

　"아무래도 회장님은 사람을 잘못 보신 것 같군요."

제46장
후회하지 않은 인생

　박강호가 회사로 돌아오자 제일 먼저 튀어온 것은 손진식이
었다.

　그는 예전에 재무처에서 같이 근무하며 호형호제하던 사이
로 지금은 기획처장을 맡고 있는 박강호의 오른팔이었다.

　손진식은 본부장실로 들어서자마자 인사를 건성으로 한 후
급히 물었는데 궁금해서 미치겠다는 표정을 짓고 있었다.

　"본부장님, 다녀오셨습니까?"

　"그래."

　"뭐랍니까?"

　"나보고 사장을 맡으라고 하더라."

　"정말입니까? 그럴 거라고 예상은 했지만 정말 잘됐군요. 축

하드랍니다."

"손 처장."

"왜 그러십니까?"

좋아하며 박수까지 치는 손진식을 향해 박강호가 쓴웃음을
지으며 불렀다.

그러자 뭔가 이상한 기미를 느낀 손진식이 표정을 굳히며 되
물었다.

워낙 오래 같이 근무했기 때문에 두 사람은 이제 서로의 표
정만 봐도 무슨 일이 생겼다는 걸 알 정도다.

"내가 말이야, 회장님한테 안 한다고 했다."

"뭘요? 설마⋯⋯."

"그래, 사장 자리 안 맡겠다고 했다."

"그게 무슨 말씀입니까. 왜 안 한다고 하셨단 말입니까?"

"그럴 일이 있어."

"본부장님, 저한테도 말해줄 수 없는 일입니까?"

"개인적인 일이야. 그러니까 그 정도만 알아둬. 그리고 이거
인사처에 갖다 줘라."

"이게 뭡니까?"

흰 봉투를 받아 든 손진식의 얼굴이 급격하게 굳어져 갔다.

박강호가 내민 봉투의 겉면에는 사직서란 단어가 선명하게
적혀 있었기 때문이었다.

그랬기에 그의 입에서는 큰 소리가 터져 나왔다.

"본부장님!"

"소리 지르지 마라. 사람은 나아갈 때와 그만둘 때를 잘 알아야 한다고 했는데 지금의 내가 그렇다."

"사장 자리 싫다고 하셨다면서요. 그런데 왜 그만둡니까. 그까짓 사장 안 하면 그만이지 본부장님이 회사를 그만둘 이유가 뭐가 있단 말입니까?"

"진급을 못 했다면 진즉에 그만둬야 할 회사였어. 이만하면 많이 한 것 아니겠나."

"그런 게 어디 있습니까. 이유를 말씀해 주십시오. 말 안 해 주면 못 나갑니다."

"이제 쉬고 싶어서 그래. 직장 생활 30년 가까이 했으면 많이한 거 아니냐. 그동안 너무 치열하게 살아왔기 때문에 심신이 너무 지쳤어. 이제부터 인생은 쉬면서 살 생각이다."

박강호는 말을 마치며 편안한 자세로 눈을 감았다.

더 이상 말하지 않겠다는 표현이었다.

그의 얼굴에 담긴 것은 아쉬움이 아니라 편안함이었다.

그러나 손진식의 얼굴은 달랐다.

천하물산에서 가장 유능했고 직원들에게 존경받던 박강호가 급작스럽게 회사를 그만둔다는 사실이 그는 믿어지지 않는 모양이었다.

그날.

집으로 일찍 들어온 박강호는 저녁을 준비하는 윤선아를 불러 앉혔다.

그런 후 그윽하게 그녀의 얼굴을 바라보며 천천히 입을 열었다.

"여보, 나 회사를 그만두었어."

"뭐라고!"

"그렇게 되었어. 미리 상의하지 못해서 미안해."

"잘린 거야?"

"아니, 그냥 그만해야 될 것 같아서……. 내 소망이 멋지게 퇴진하는 거였는데 지금이 그때라고 생각했어."

"그러니까 하필 지금 그런 생각을 왜 했냐고?"

윤선아가 쌍심지를 켜면서 박강호를 째려봤다.

그녀는 남편의 갑작스러운 퇴직을 쉽게 받아들이지 못하는 것 같았다.

그랬기에 박강호는 최대한 불쌍한 표정을 지으며 말을 이어나갔다.

"쉬고 싶어. 나 너무 힘들게 살아왔잖아. 이제 남은 인생은 편안하게 당신과 시간을 보내면서 살고 싶어. 그래도 되지 않을까?"

"후회하지 않을 자신 있어?"

"아쉽긴 하지만 후회는 안 할 거야."

박강호의 대답에 윤선아가 째려보던 눈을 풀었다.

의외의 상황에 잠시 당황했지만 남편의 눈을 확인하자 더 이상 추궁하고 싶지 않았기 때문이었다.

돈은 벌 만큼 벌었고 자식들도 이제 모두 장성해서 큰아들은 제법 좋은 회사에 취직했고 둘째는 군대를 갔다 와서 대

학 4학년에 다니는 중이었으니 더 이상 돈에 구애받을 일은
없었다.

어차피 때가 되면 그만둘 회사였다.

그리고, 박강호는 회사 생활을 하면서 누구보다 열심히 살았
기 때문에 그의 의견을 반대할 이유가 없었다.

"그럼 됐어. 난 당신과 결혼한 순간부터 당신을 믿어왔으니까
이번에도 믿을 거야. 당신이 그렇다면 그런 거겠지."

"고마워."

"그런데 남은 인생이 너무 많다. 놀면서 아무것도 안 하고 보
내기에는 시간이 너무 많은 거 아냐?"

"놀긴 왜 놀아. 나 일할 거야."

"무슨 일. 혹시 다른 회사에 취직해?"

"아니, 저기 카페거리에 근사한 커피 전문점을 차리려고. 그
래서 소일하면서 책도 읽고 여유를 즐길 생각이야."

"이 남자 봐. 커피 전문점은 아무나 하는 줄 아나 보네."

"회사 그만두면 바리스타 자격증 딸 거야. 그래서 내가 직접
커피 만들어서 손님들한테 내놓을 거다."

"호호, 꿈이 야무지시네."

박강호의 계획을 들은 윤선아가 유쾌하게 웃었다.

그녀의 웃음은 비웃음과 전혀 다른 것이었지만 박강호는 윤
선아를 향해 입을 내밀며 무슨 그런 웃음을 짓느냐는 표정을
지었다.

"왜, 못 할 것 같아?"

"그럴 리가요. 당신은 손재주가 있어서 잘할 것 같아."

"그런데 왜 웃었어?"

"회사 퇴직하자마자 돈 벌 궁리 하는 당신이 재미있어서 웃었지. 당신은 하여간 대단한 사람이야. 오늘 그만뒀다면서 그런 건 언제 또 생각했데?"

"심심할 것 같아서."

"그러니까 말이지요. 회사 그만뒀으면 여행도 하고 잠시 쉴 생각을 해야 정상인데 심심할 것을 대비해서 일할 생각부터 하다니 기특해서 웃음이 나온 거야."

"난 심심한 게 제일 무서워."

"내가 도와줄게. 내가 그거 같이 해주면 당신 심심하지 않을 거다."

"뭘, 자격증 공부?"

"응, 당신하고 같이 다니면서 공부하면 재미있을 것 같지 않아?"

"그건 그렇지."

"누가 먼저 자격증 따는지 내기하자. 먼저 딴 사람이 사장님이 되는 거야. 어때?"

"좋아. 누가 이기나 해보자."

"그거야 당연히 나 아니겠어? 난 오랫동안 놀면서 머리를 쉬게 했지만 당신은 회사 생활 하면서 열심히 일했기 때문에 머리가 노쇠해졌을 거야. 그러니까 내가 이겨."

"흥, 말도 안 되는 소리 하시네요."

윤선아의 어거지 논리에 박강호가 콧방귀를 뀌면서도 해맑

게 웃었다.

사랑스러운 아내.

아내는 퇴직하면서 겪을 남편의 아쉬움과 허전함을 같이 있으면서 달래주고 싶었던 모양이다.

천하그룹 제1본사에 들어서는 유태희의 얼굴은 싸늘하게 굳어져 있었다.

그녀의 냉랭한 기세에 수행 비서들의 표정은 얼음장처럼 변해 있었고 호위를 하는 자세도 날이 서서 금방이라도 벨 수 있을 것처럼 날카로웠다.

비서실로 들어서는 유태희를 본 유태성의 비서실장이 귀신을 본 것처럼 놀란 얼굴로 급히 다가왔다.

하지만 유태희는 비서실장의 얼굴 대신 회장실을 노려볼 뿐이었다.

"계시죠?"

"아니… 저……."

"있는 거 알고 왔으니까 비키세요."

"회장님, 안에는 중요한 손님이 와 계십니다. 잠시 기다리시면 안 되겠습니까?"

"나보다 더 중요한 손님이 있단 말인가요?"

"그런 말씀이 아니라……."

"내가 얼마나 중요한 손님인지 증명해 줄까요?"

유태희의 일갈에 비서실장이 주춤거리며 뒤로 물러났다.

그녀가 하는 말이 무얼 의미하는지 알 것 같았기 때문이었다.

무섭게 굳어진 표정.

꽤나 여러 번 유태희를 본 적이 있었지만 지금처럼 화가 난 얼굴은 처음이었다.

그랬기에 그는 급히 그녀의 말을 받았다.

"회장님, 제가 먼저 들어가서 오셨다는 전갈을 드리겠습니다. 그러니 잠시만……."

비서실장이 사라지는 것을 지켜보는 유태희의 싸늘한 시선이 비서실 전체를 훑었다.

비서실 직원들은 전부 그녀의 기세에 눌려 찍소리도 못 하고 고개조차 들지 못하고 있었다.

잠시의 시간이 지나자 회장실에서 비서실장을 따라 사람이 나오다가 그녀를 향해 정중히 고개를 숙였다.

중요한 손님은 국회의원 차도명이었다.

그는 천하그룹의 후원을 받은 여당의 3선 의원으로 방귀깨나 뀌는 인물이었다.

하지만, 그녀는 그저 고개만 까딱한 후 회장실을 향해 당당하게 걸어 들어갔을 뿐이다.

유태희가 들이닥치자 소파에 앉아 있던 유태성의 인상이 저절로 우그러들었다.

짐작되는 바가 충분히 있었기 때문이었다.

그럼에도 그는 금방 표정을 되찾은 후 침착하게 물어왔다.

"우리 예쁜 동생이 무슨 일로 연락도 없이 온 걸까. 혹시 나 점심 사주려고 왔니?"

"지금 내 심장에 비수를 꽂아놓고 농담이 나온단 말이죠."

"비수라니?"

"내 부탁을 무시했더군요."

"박강호 말이냐?"

"그래요."

"그 친구가 왜? 난 분명 네 말대로 사장 자리에 앉히겠다고 통보를 했다."

"오빠의 귀보다 내 귀가 더 크고 잘 들린다는 걸 잊은 모양이네요."

유태희가 싸늘한 미소를 지으며 자신을 노려보자 여유 있는 표정을 짓고 있던 유태성이 얼굴을 굳혔다.

그녀의 말이 맞다.

자신에게도 정보를 총괄해서 매일 보고하는 부서가 있었지만 그녀가 이끄는 천하전자의 정보력은 국내 제일을 다툴 정도로 대단했다.

일단 오리발을 내밀었지만 그녀가 저렇게 나오는 것은 자신이 한 일을 알고 있기 때문일 것이다.

그랬기에 그의 목소리는 차분하게 가라앉았다.

"하나만 묻자. 그 친구 도대체 너한테 뭐냐?"

"사랑하는 사람이에요."

"역시 내 생각이 맞구나."

"그게 어떻다는 얘기죠?"

"그놈은 결혼해서 오랜 시간 동고동락한 여자가 있어. 그런데도 사랑 타령을 한단 말이냐!"

"그건 오빠가 상관할 일이 아니에요."

"왜 상관할 일이 아니란 말이냐. 난 네 오빠고 난 네가 불쌍해지길 원하지 않는다. 그래서 놈을 앉혀놓고 불같이 화를 냈다. 여자의 순정을 이용해서 출세를 하려는 놈은 인간도 아니기 때문이다."

"그래서 그 사람을 그만두게 만들었나요?"

"그만둬, 박강호가?"

"어제저녁에 사표를 썼더군요. 아직 보고를 받지 못한 건가요. 아니면 모른 척하는 건가요?"

"그럴 리가 없다. 비록 내가 더 이상 너를 이용하지 말라고 화를 냈지만 사장에 앉힐 생각이었다. 그놈에게도 그렇게 말했으니 직접 물어보면 될 거 아니냐."

"정말인가요?"

"그렇다. 네가 하나를 주었으니 나도 하나를 줘야 한다고 생각했다. 비록 너를 이용하는 그놈이 미웠지만 나는 약속을 지키려 했다. 그런데 사표를 썼다니 이해가 되지 않는구나."

끝까지 우겨야 한다.

박강호가 사표를 썼다는 것은 자신의 생각이 오판이었음을 알려주는 증거였기 때문에 더욱더 그래야 한다.

유태희의 살짝 떨리는 반문에서 아직 놈을 만나지 못했다는 확신이 들었다.

놈의 성격이 정말 그 정도로 강직하다면 충분히 우겨도 먹혀들 가능성이 컸다.

그 정도로 강직한 놈이라면 유태희에게 자신과 있었던 일들을 사실대로 말하지 않을 것이다.

지금까지 살아온 경험으로 봤을 때 그런 유형의 남자는 사실을 말해서 유태희가 친형제와 싸우도록 만들지 않는다.

그럼에도 자신의 어리석음에 슬그머니 화가 치밀었다.

천하물산 사장의 보고와 정보부서의 분석을 아무런 여과 없이 믿은 것이 잘못이었다.

놈에 대해서 철저히 분석했다면 이런 위기는 처음부터 만들어지지 않았을 테니 말이다.

욕심이 화를 부른다더니 꼭 그 짝이다.

둘째 놈을 후계자로 키워보겠다는 그녀의 약속을 믿지 못하고 자신의 대에서 천하그룹을 통일하고 싶다는 야망이 이런 일을 만들어내고 말았다.

위기.

비록 얼굴에 철판을 깔고 변명을 했지만 그 말을 곧이곧대로 받아들일 유태희가 아니었다.

그리고, 그것은 그녀가 일어나면서 뱉어낸 말로 확실하게 증명되었다.

"그 사람은 오빠가 생각한 것 같은 그런 남자가 아니에요. 그 사람은 누군가를 이용할 생각조차 하지 못할 정도로 우직한 사람이니까요. 어떤 이유로든 오빠는 내 사랑을 빼앗아 갔으니 내가 한 약속은 없었던 것으로 하겠어요. 상훈이는 구멍가게나 맡아서 장사나 하게 만드세요. 그럼 이만……."

박강호는 사직서를 낸 다음 날 회사에 출근해서 퇴직에 필요한 행정절차를 마무리하고 책상을 정리했다.

의외로 회사의 분위기는 차분하게 가라 앉아 있었다.

물건을 모두 챙겨서 박스에 담았으나 가져갈 것은 한 상자에 불과했다.

30년 가까이 근무하면서 청춘을 바친 회사였지만 그에게 남은 것은 한 상자를 다 채우지 못한 잡동사니와 허무함뿐이었다.

마지막 일어서기 전 자신과 동고동락했던 의자에 앉아 눈을 감자 수많은 기억들이 떠올랐다.

신입 사원 시절에 자신의 꿈을 이루겠다며 투지를 불태웠었고 차장을 달기 위해 밤낮으로 공부했던 일이 떠올랐다.

부장으로 진급하기 위해 기획실장의 집 앞에서 추위에 떨며 4시간이나 기다렸던 일들이 주마등처럼 스쳐 지나갔다.

그때 울면서 자신을 위로해 주었던 큰누나의 목소리는 지금도 생생히 기억할 수 있었다.

최선을 다해 일했다.

천하물산이란 거대한 회사에서 살아남기 위해 남들보다 몇 배는 더 열심히 일해야 했다.

배경이 없는 자가 열정마저 없다면 살아남을 수 없기 때문이었고 스스로 최선을 다함으로써 후회하기 않기 위해서였다.

그리고, 마지막으로 유태희의 얼굴이 떠올랐다.

그림처럼 아름다웠던 여인.

더없이 높은 자리에 있으면서도 끊임없이 자신을 사랑한 사람.

그녀를 처음 봤을 때의 충격은 무척 컸었다.

그 어떤 여인보다 아름다웠고 지적이었으며 대단한 카리스마를 가진 사람이었다.

지금에 와서 고백하지만 그런 사람이 자신을 사랑했다는 사실이 너무나 힘겨웠다.

가난한 집안에서 태어나 힘들게 살아왔기 때문에 천하물산이란 괴물 속으로 들어오면서 누구보다 성공한 삶을 살고 싶었다.

그녀를 얻게 되는 순간 그의 인생은 탄탄대로를 걷게 된다는 욕심과 야망이 그를 한없는 괴로움 속으로 몰아넣었다.

하지만, 되돌아보면 가슴이 아픈 건 그런 것들 때문이 아니라 자신을 진심으로 사랑한 유태희의 마음을 받아들이지 못했다는 미안함 때문이었다.

그녀는 그 어떤 누구보다 사랑받을 자격이 충분한 여인이었으나 자신으로 인해 불행한 삶을 살았으니 그 미안함은 죽을 때까지 잊지 못할 것이다.

회사를 그만두는 이유에는 그 미안함이 가장 컸다.

그녀에게 짐이 될 수는 없었다.

여전히 자신을 사랑하는 그녀의 마음을 알기에 더욱 그랬다.

자신을 최고의 자리에 오르게 만들기 위해 그녀는 어떤 제안을 했을까.

분명 그녀는 자신이 사장에 앉는 것보다 훨씬 많은 것을 그녀의 오빠에게 주었을 게 분명했다.

모든 것을 정리하고 본부장실을 나서자 손진식을 비롯해서 자신을 믿고 따르던 임원진이 기다리고 있었다.

그들의 표정은 아쉬움과 슬픔으로 잔뜩 굳어져 마치 조문을 온 사람들처럼 보였다.

그런 그들을 향해 박강호가 빙그레 웃음을 지었다.

"표정들이 왜 그래. 마치 초상집에 온 사람들처럼 말이야."

"짐은 다 챙기셨습니까?"

"방 안에 박스가 하나 있어. 손 처장이 직원들한테 부탁해서 내 차에 실어줘."

"그렇게 하겠습니다."

"만남은 길게, 이별은 짧게 하라는 말이 있지. 이제 나는 갈 테니까 그만 들어가서 일들 봐."

박강호가 손짓으로 가보라는 시늉을 하자 맨 앞에 서 있던 손진식이 얼굴을 일그러뜨렸다.

그는 박강호의 행동에서 서운함을 느끼고 있는 것 같았다.

"이제 회사를 그만두셨으니 예전처럼 형님이라고 부르겠습니다. 형님, 저희들하고 차나 한잔하고 가세요."

"싫어."

"형님!"

"오늘은 그냥 가는 게 좋겠다. 나중에 따로 날 잡아서 차 대신 술 마시자. 어떠냐?"

"이러는 게 세상에 어디 있습니까. 하도 갑작스럽게 그만두시는 바람에 송별회도 못 했습니다. 정말 너무하십니다."

"미안하다, 손 처장."

"그럼 오늘 저녁 어떠십니까?"

"오늘 저녁에는 데이트 있어."

"형수님하고 말입니까?"

"아니야, 너는 날 물로 보는 모양인데 나도 왕년에는 여자들한테 인기 많았던 사람이야. 오늘은 아름다운 묘령의 여인하고 저녁 먹기로 했다."

"설마요."

"정말이다. 그러니까 손 처장이 나중에 날 잡아서 전화해줘."

유태희에게 전화가 온 것은 어제저녁이었다.

퇴근 후에는 절대 전화한 적이 없던 그녀는 몹시 메마른 음성으로 오늘 같이 저녁 식사를 하자는 제안을 해왔다.

망설여졌으나 거부할 수가 없었다.

그녀의 메마른 음성에는 거부할 수 없는 간절함이 잔뜩 담겨 있었기 때문이었다.

천천히 걸어 그녀가 정한 이탈리안 레스토랑으로 들어갔다.

친구가 되어 가끔가다 만날 때는 언제나 생맥줏집에서 만났으나 오늘 그녀가 정한 장소는 우리나라에서 최고급에 속한다는 '베니스'였다.

'베니스'는 초고층 호텔의 꼭대기에 마련되어 전망이 좋기로 유명해서 부유층이 자주 찾는 곳이었다.

문을 열고 들어서서 예약자를 말하자 지배인이 정중하게 그를 서울 야경이 한눈에 보이는 창가 자리로 안내해 주었다.

유태희는 자신의 신분 때문에 가급적 룸에서 식사하는 것을 선호했는데 오늘은 무슨 일인지 사람들과 함께하는 홀에 자리를 마련해 두었다.

아직 그녀는 오지 않았기에 박강호는 조용히 창가를 통해 들어오는 야경을 바라보았다.

화려한 네온사인과 도시의 불빛.

도로를 지나다니는 수많은 차량의 행렬이 눈부시게 움직이고 있었다.

그녀가 나타난 것은 자리에 앉은 지 불과 오 분이 지나지 않아서였다.

단아한 미색 투피스를 입은 유태희는 나이가 들었어도 여전히 매력적이었다.

"오래 기다렸나요?"

"아닙니다. 저도 방금 왔어요."

"우리 주문할까요?"

애써 밝은 표정을 짓는 것이 눈에 보였다.

그러나 그녀의 얼굴에는 알 수 없는 수심이 가득했다.

스테이크 코스 요리를 시키고 와인도 한 병 곁들였다.

그녀는 오늘 술을 마시고 싶었던지 박강호의 의견도 묻지 않고 주문을 했다.

그녀는 식사를 하면서 많은 말을 했다.

그러나 정말 하고 싶은 말은 하지 않았고 신변잡기와 국제 정세, 경기 둔화에 대한 것들로 시간을 보냈다.

박강호는 그녀의 말을 그저 듣기만 했다.

이렇게 들어주는 것으로 그녀를 위로할 수 있다면 그는 언제나 들어줄 준비가 되어 있었다.

식사가 끝나고 탁자에 와인만 남았을 때 그녀는 거짓말처럼 자신의 입을 닫았다.

그리고는 말없이 박강호의 얼굴만 바라보았다.

박강호도 그랬다.

그저 그녀의 얼굴을 바라보면서 눈과 코, 그리고 입술을 하나씩 가슴에 새겨 나갔다.

세월은 야속하다.

그 백옥 같은 피부는 서서히 탄력을 잃었고 얼굴에는 세월의 흔적을 숨기지 못하고 주름살이 들어 있었다.

그녀의 눈에 비친 자신의 모습도 그럴 것이다.

세월은 누구에게나 공평하니까.

서로를 바라보며 말을 하지 않았지만 그들의 눈은 수많은 말을 하고 있었다.

지나온 시간들에 대한 추억과 사랑, 그리고 그리움에 관한 것들이었다.

그녀의 눈에서 눈물이 흐르기 시작한 것은 박강호의 시선이 아름다웠던 추억 속에서 붉어질 때였다.

소리 없이 흐르는 눈물.

그러나 그녀는 눈물을 닦지 않았다.

"강호 씨, 미안해요."

"태희 씨가 미안해할 일이 아닙니다."

"나 때문에……. 그냥 가만히 있어야 했어요. 너무… 바보 같은 짓이었어요."

"그 마음 잘 알아요. 태희 씨가 나를 위해주는 마음을 왜 모르겠어요. 이 결정은 태희 씨 때문이 아니니 너무 마음 쓰지 마세요."

"강호 씨, 지금이라도 마음을 돌릴 수 없나요. 천하물산이 아니라도 강호 씨가 갈 곳은 많아요."

"그러고 싶지 않습니다. 그동안 나는 너무 힘들게 살아온 것 같아요. 이젠 편안하게 쉬고 싶어요."

"…강호 씨……."

박강호의 시선에서 결심을 느낀 유태희의 눈에서는 눈물이 계속 새어 나왔다.

자신으로 인해 회사를 떠나는 박강호가 너무나도 안타까워 그녀는 어떡하든 잡고 싶어 했다.

회사를 그만둔다는 의미.

그것의 의미에는 여러 가지가 담겨 있기 때문이었다.

박강호의 입에서 나온 이야기가 그걸 증명하고 있었다.

"태희 씨… 세월은 어쩔 수 없어요. 그 예뻤던 태희 씨도 잔주름이 생겼잖아요. 사람은 때가 되면 떠나야 하는 겁니다. 그동안 고마웠어요."

"나를… 나를 이젠 만나지 않을 건가요?"

"지금 생각해 보면 나는 태희 씨의 세상에서 오랜 시간을 살아온 것 같아요. 회사에 사직서를 내면서 많은 고민을 했지만 결론은 언제나 한 가지뿐이더군요. 이제는 태희 씨를 놔줘야 된다는 것이었어요. 그러니 태희 씨, 저를 편안하게 보내주세요."

"흑… 흑……."

"당신의 사랑, 말은 하지 못했지만 언제나 고마웠습니다. 저로 인해 많이 아파하게 해서 정말 미안해요. 당신을 사랑하지 못해서 정말 미안합니다."

박강호가 고개를 숙였다.

그런 후 자리에서 일어나며 붉어진 눈으로 손을 내밀었다.

하지만 유태희는 그의 손을 잡지 않았다.

"당신, 당신은 내가 태어나 유일하게 사랑한 남자예요. 그런데 어떻게 이별을 알리는 손을 잡을 수 있겠어요. 나는 그럴 수 없어요."

박강호를 올려다보는 그녀의 얼굴은 슬픔으로 가득 차 차마 마주 보기가 어려웠다.

그녀의 슬픔은 깊고 깊어 위로할 엄두조차 나지 않는 것이었다.

그랬기에 박강호는 그저 장승처럼 서서 그녀의 이름을 부를 뿐이었다.

"태희 씨……."

"난 지금도 강호 씨를 사랑한 걸 후회하지 않아요. 난 강호 씨를 사랑하면서 언제나 행복했으니까요. 하지만, 잡지 못한다는 것도 알아요……."

"오랫동안 언제나 아름다웠던 당신을 기억하겠습니다."

"평생을 당신에게 안기는 꿈을 꾸었어요. 당신, 나를 한 번만 안아줄 수 있나요?"

간절함.

사랑하는 사람을 떠나보내는 여인의 간절함이 박강호의 가슴을 찢어지게 아프게 했다.

그랬기에 박강호는 천천히 다가가 일어서는 그녀를 가슴으로 안았다.

퇴직하고 일주일이 지난 후 박강호는 윤선아를 데리고 제주도로 여행을 떠났다.

해외여행은 윤선아의 여권이 만료되었기 때문에 못 가고, 대신 가까운 제주도를 선택했던 것이다.

윤선아는 오랜만에 떠나는 여행에 들뜬 표정을 숨기지 못했다.

해맑은 웃음.

여행이 주는 자유로움이, 박강호와 떠난다는 즐거움이 그녀를 행복하게 만든 것 같았다.

공항에 도착해서 차를 렌트한 박강호는 그녀를 옆자리에 모시고 호텔로 향했다.

퇴직 기념으로 마련한 여행이었기 때문에 그는 최고급 호텔에 숙소를 마련했다.

그들은 짐을 풀고 제주도의 구석구석을 다니며 데이트를 즐겼다. 날씨는 화창했고 산과 들에는 아름다운 꽃들이 만발해서 박강호와 윤선아의 마음을 여유롭게 만들어주었다.

삼 일 동안 제주도의 구석구석을 돌아다니며 맛집을 찾았고 유명하다는 관광지는 모두 돌아다녔다.

모든 일정을 마치고 호텔로 돌아온 윤선아는 그렇게 돌아다녔어도 생생했다.

"벌써 내일이 돌아가는 날이네."

"아쉬워?"

"응. 오랜만에 밥, 빨래, 청소에서 해방되니까 살 것 같았는데 당연히 아쉽지."

"당신도 은퇴해."

"무슨 소리야. 내가 무슨 은퇴를 해요?"

"당신도 너무 오랫동안 가사일 돌보느라 수고했어. 두 놈 모두 장가가면 당신도 은퇴시켜 줄게."

"뭐야, 날 주부에서 자른다는 거야?"

"그렇지. 애들 모두 분가하면 당신도 가사일 하지 마. 밥은 사 먹고 집안일은 도우미를 쓰자."

"정말 그래줄 거야?"

"당연하지."

"호호, 윤선아가 시집은 잘 왔어요. 자기가 노니까 불안했던 모양인데 난 괜찮으니까 엉뚱한 데 신경 쓰지 마세요."

"진심인데 안 믿어주네."

"당신 밥은 내가 죽을 때까지 챙겨줄 거니까 그런 소리 하지 마. 그건 내 행복인데 왜 뺏으려고 해!"

"아이고, 이 사람 별게 다 행복이네."

"우리 일찍 밥 먹고 산책하자. 여기 산책로가 너무 예쁘다는 소릴 들었어."

"누구한테."

"아까 호텔 로비에서 일하는 아가씨가 그러더라. 여기 산책로 가 무척 유명하다고."

두 사람은 저녁을 간단히 먹고 호텔 직원이 가르쳐 준 산책 로로 들어섰다.

이렇게 아름다운 산책로가 있는 줄 몰랐다.

미리 알았더라면 조금 피곤해도 매일같이 걸었을 텐데 하는 아쉬움이 남을 만큼 산책로는 너무나 잘 가꾸어져 온갖 꽃과 조경수가 아름답게 장식되어 있었다.

박강호와 윤선아는 손을 꼭 잡은 채 그 길을 걸었다.

바닷가를 향해 난 산책로는 꽤나 길었기 때문에 길을 걷는 동안 석양이 서서히 물들기 시작했다.

얼마나 걸었을까.

두 눈을 의심케 만드는 아름다운 정경이 시야로 다가왔다.

지금 산책을 나가면 평생 잊지 못할 광경을 보게 될 거라며 웃음 짓던 아가씨의 말이 무슨 뜻인지 알 것 같았다.

유명한 영화의 엔딩 장면을 찍었다는 언덕.

그 언덕에는 벤치가 고즈넉이 설치되어 있었고 그 아래로는 광활한 바다가 거짓말처럼 펼쳐져 있었다.

자석에 이끌리듯 두 사람은 그 벤치에 앉아 바다를 붉게 물들이는 석양을 바라보았다.

두 손을 꼭 잡은 채.

아무 말도 하지 않고 두 사람은 같은 방향을 바라보았다.

마치 험난했던 그들의 인생이 한곳을 바라보며 달려왔던 것처럼.

박강호의 눈이 윤선아에게 돌아온 것은 석양이 어스름하게 바닷속으로 사라져 갈 때였다.

"여보, 고마워."

"뭐가요?"

"나같이 못난 사람과 같이 살아줘서."

"내가 더 고마워. 당신같이 멋진 남자랑 살게 해줘서. 당신은 지금까지 봐왔던 어떤 남자보다 멋있었고 훌륭했어. 당신 정말 수고했어요. 그리고 고마워요."

윤선아가 말을 마치고 박강호를 가슴에 안았다.
그런 후 박강호의 얼굴을 끌어당겨 깊고 깊은 입맞춤을 해줬다.
누구보다 치열하게 고난의 인생을 살아온 당신.
당신을⋯ 정말 진심으로 존경하고 사랑합니다.

『멋진 인생』 완결

박선우 장편소설
FUSION FANTASTIC STORY

멋진
Wonderful
Life
인생

태어나며 손에 쥔 것이라고는 가난뿐.

그러나 내게는 온몸을 불사를 열정과
목숨처럼 소중한 사랑이 있었다.

『멋진 인생』

모두가 우러러보는 최고의 직장이자 가장 치열한 전쟁터,
천하그룹!

승진에 삶을 바친 야수들의 세계에서 우뚝 서게 되는
박강호의 치열하지만 낭만적인 이야기!

강준현 장편소설
FUSION FANTASTIC STORY
인생을
바꿔라
『복수의 길』, 『개척자』 강준현 작가의
2016년 신작!
자신이 무엇인지 알지 못하는 정신체, 염.
세상을 떠돌며 사람의 몸속으로 들어가
에너지를 얻고 나오길 반복하던 어느 날.
사고로 인한 하반신 마비, 애인의 이별 선언,
삶에 지쳐 자살하려는 김철의 몸에 들어가게 되는데…….
"뭐, 뭐야! 아직도 못 벗어났단 말이야?"
새로운 삶을 살리라,
정처 없이 떠돌던 그의 인생 개척이 시작된다!
"어떤 삶인지 궁금하다고? 그럼 한번 따라와 봐."
Book Publishing CHUNGEORAM
유행이 아닌 자유추구 -
WWW.chungeoram.com